共同体

COMMUNITY 022

各美其美 美美与共

少年诗、旧火及其他

麻 醉 抄

杨典 著

出版 人：胡洪侠
策划/出品：共同体（北京）工作室
责任编辑：高照亮　吴　琼
封面设计：文心书衣

图书在版编目（CIP）数据

麻醉抄：少年诗、旧火及其他/杨典著．——深圳：深圳报业集团出版社，2017.12
ISBN 978-7-80709-833-1

Ⅰ.①麻… Ⅱ.①杨… Ⅲ.①诗歌评论－世界 Ⅳ.①I106.2

中国版本图书馆CIP数据核字(2017)302584号

麻醉抄：少年诗、旧火及其他
Mazuichao:Shaonianshi、Jiuhuo ji Qita
杨典 著

深圳报业集团出版社出版发行
（518034深圳市福田区商报路2号）
印刷　山东鸿君杰文化发展有限公司　新华书店经销
2017年12月第1版　　2018年2月第一次印刷
开本：787 mm x 1092 mm　1/32 印张：7
字数：126千字
ISBN 978-7-80709-833-1
定价：52.00元

深报版图书版权所有，侵权必究
深报版图书凡是有印刷质量问题，请随时向承印厂调换

目录

I		序
I	第一篇	异端少年诗：注疏与拾遗（44首）
52	第二篇	12岁的秋日：三岛由纪夫少年诗（48首）
104	第三篇	枪与蚯蚓：凶手作家永山则夫少年诗（选译）
114	第四篇	旧火：里尔克《致奥耳弗斯十四行诗》异译本（55首）
181	第五篇	维持：一个词的诗学解剖图
196	第六篇	穿裤子的怪兽：马雅可夫斯基的晚点火车
206	第七篇	一朵花没有左与右：从科尔查文到苏戬

序

隆冬煮酒，邀月言愁。就像一支走散了多年的独立军，《异端少年诗》之编辑终于杀青了。停笔一看，亦颇有感慨，对灯唏嘘。在人的少年时代，风景皆是一道耀眼的山水，一个尖锐的标志，或一枚极端的抒情之徽。因为人们很难客观地看待青春。青春的都是异端的。

为什么要用"异端"这个词？因在我看来，异端并非"不同"或"叛逆"的修辞，而更多的意义在于极致。汉语中异端一词本来自《论语·为政》，即子曰："攻乎异端，斯害也已。"但世界学林之大，人性观念之繁，岂能以一家之言为坐标系？更不是只有杨墨佛老、犬儒之徒、96种外道或西方中世纪宗教裁判所烧死的女巫、好杀的狂僧、淫邪色情之诗、恐怖之罪与古人的怪癖等，才可称之为异端。夫鸟之飞、鱼之游、风生水起、群星自转，皆非人力所能模仿之。每一种事物皆有其超绝的天性。而天底下的事物，大到创教立国、披靡众生，小到洗衣做饭，喂马劈柴，一旦你能走到极致，皆为异端也。正如哪怕最世俗、最传统的行为或语言，你若用到极致，也能透彻性情。在我看来，一个人在少年时代的心便是如此。过去的日子或过去的话，哪怕再平淡，也像少女的容貌一样，是无法模仿、不可重复的，因青春即人生的极致。

早年再不成熟的诗，如今若想重新写一首，也万无一点可能。

这不是时过境迁的问题，而是心与肉体都再也回不去了。

目前这本小书，包括了我自20世纪80年代末以来，一些被遗忘的诗稿、文稿、未完成作品，20世纪90年代初第一次从英文转译的里尔克《致奥耳弗斯的十四行诗》全文（具体说明见后文），以及近年来，偶尔抽空翻译或研究的三岛由纪夫、永山则夫等人的少年诗。当然我也谈到一些别的诗人之少年性与少年诗，如苏曼殊、科尔查文或马雅可夫斯基等。既然是以"少年诗"为主题，便必然带着些许少年之血气、意气、幼稚与实验痕迹。至于本书正式出版后之名，本来自早年一组诗，名《麻醉抄》。最初那些诗也无标题。起这个名字，大约是因某年偶然读到艾略特之名句"黄昏犹如一个病人麻醉在手术台上"吧。也可能是因读到施蛰存先生所译兰波的诗句："曙光是悲惨的，整个月亮是残酷的，整个太阳是苦的，辛辣的爱情使我满身麻醉，但愿我的龙骨崩散，沉入海底"。总之，麻醉一词，在我早年的意象中主要来自对西方诗人的阅读和所受影响。在晚秋茶边，冬日炉前疾书，把它们像散乱的旧照片一样装订在一起，不是为别的，只是为了集中怀念。

少年不识愁滋味，但依然会大谈特谈秋风秋雨愁煞人。为什么？因为文学的本质就是为了试图留住或重复那些流逝的、凋零的东西。

青春太美。而美的本质大多充满了遗憾。

如王国维所云："最是人间留不住，朱颜辞镜花辞树"。(《蝶恋花》)

那些散乱的记忆、爱情、思想、情绪、宣泄、喊叫、仇恨、打击、铁血、嘲笑和调侃，似乎从未离我们远去。相反，年纪越大，过去的事却越清晰。有些旧人旧事甚至会不断地从梦中回来找我们，让我们惊醒。

在少年时代的写作中，追求激进、火药和刺刀一样的锐气，也是几乎所有人的通病。我们总是急于求成，渴望去一劳永逸地扫荡工业症患者、政治偏瘫、金钱麻风病和中产阶级的报纸。去恣意汪洋地凌辱、蔑视和否定别人的看法，瞧不起办公室里的杂志、白领的甜食、发福者的呼噜、泼皮无赖的价值观或糜烂在午间新闻里的庸碌生活。这些没有意义（或刻意追逐）的激情，早已消逝在那些不羁岁月中。留下来的只言片语，雪泥鸿爪，便算是鉴证了吧。

本书第一篇中收录的少年诗，都是我散失、遗漏或忽略多年的旧作。它们大多写于 15 岁到 20 岁之间，未被收录《花与反骨》，且我也从未将它们收到别的任何书中。因我曾一度觉得这些诗不够好，又懒得改，时间一长便忘了。现在整理出来，也是为了重新观止、反省自己早年的不足。记得整个少年时代，如果加上15岁以前的那些幼稚的习作，我写过70首到80首诗，风格各异，但其中很多都已永远遗失或烧毁了。还有一部分被别人拿走，再也不见踪迹。剩下来的这30余首，一直像木乃伊一样躺在我的资料箱里，纸张干枯发黄，墨水褪色，仿佛是一个与我无关的古人留下的手迹。

好在几度搬家，手稿尚未丢失，今日重见天日，实乃万幸。

记得帕斯捷尔纳克曾言：少年时代很短，却长于整个人生。

此语信然。小时候在南方爬过的一棵树，也远大于我们成年后周末驾车去郊区散步的那座森林。初恋之铭心更深刻于后来的爱情。我有时在想，人生之全程与少年时代以及诗的关系，恰如圆周率、直径与除法的关系：那个圆看起来很有限，似乎很完整，而其实我们永远也无法将回忆计算彻底。甚至在我们死后，这种忧伤的计算都还会在我们的灵魂、亲友和著作之间一直延续，并成为一切抒情、生活与爱恨之谜。

2011年1月

第一篇　异端少年诗：注疏与拾遗（44首）

"天亮以前……"

天亮以前，连续很多个早晨都是完全一样的，
单剩下我没有声音，只是露出微笑，
风起过之时，便神志不清地转身离开。

水退下去了，经过供满灵位与祭器的道边，
我似乎再也找不到藏身之处，
无动于衷地静坐，犹如结石长在他方，
天然的远郊里也四下涌起纷落的梅林。

我不想沿着磷火奔走，也知道现在，
所有歌唱的深海中，正浮起黄烂的月琴，
伤感扑面而来，使人变得没有特征。

但愿我再也不踏桥而去，

那边的混乱中卷杂着清凉的背影,
他吹向白发,吹向阴郁的香案,
偏僻的山水上渲染着一片鲜艳的湖蓝。

1987 年

辫 子

难道还要我重新出现在凌晨,你才能看到
稠密的云,还在成群地繁殖着晴朗。
伤心的光芒舒卷过杂草地
透湿地披在我热爱的妻子身上。
在折叠的碧空中,突然开放的杜鹃般的父爱,
把我拥挤的感情熏得青红。

被固定的荣华使我消瘦
纤细的新娘从过道中央发出淡蓝的清唱
像缓缓生长的一条柔软的鼻子,垂搭在幸福中
怀着一种刚被释放的心情——
星群:如梨树庄园一样在她上面扩张,
面对着聚集满爱人的地方敞开。

肥厚的月亮像章般涂满荧粉

戴在正宣誓少年的背心。
几株枯萎的桥墩好似乳白的蘑菇，
潮湿的水气吹得我头晕目眩。
从这里，我的满足浓缩成敏感
没有什么迷醉的享受再使我怀念，
剩下歌舞翻搅，令我四肢发酥。

在空空的仙境里，在最远的地址中
哪有依稀的秘密呈现？
哪有精彩的野外向我伸入？
十几年中某个人站在两张长布之间
命苦的手相使我惊慌失措！
像尖利的呼叫刺过了我麻木的感情
倾慕的心败落成黑黄的委屈
随我穿越四方，和无数彩色的辫子一起
浮满在厚积着白雪的路面上……

当你站在无垠的棉花地中间，尽情表白
当两个光着全身的老人依靠在阴天的水洼里
你像一块圆形的被约束的缺点
出现在妻子的颈项后面
高度近视的眼镜光圈中

呈现着泥浆般的虚荣。

我不断地被遮掩着,和那些喜欢移情的人
排着整齐的队伍,浩浩荡荡
走过蓝鲸出没的方向;和别人的分歧
在自己的印象中隆起很高
犹如一团冻疮
从漫漫上涨的浓浆里丰收着色情的水草。

茸茸的精神之尾,长在高空的脊椎上
垂直下落后忘情地围在我的腰间
只当又来到这成片的竹林里面
无数发苦的叶子向我刮来
如一种被淘汰到我身上的遗传,难过万分。

他和你在一幢建筑后面互相平视
怀着担忧,不停地抚摸着被体温冷却的辫子
现在有无数的人在准备集合
咸水冲过我的脚下
成群的海马好似被生盐发泡的耳朵
它们的生长令我心旷神怡
我局限于别人的遍体鳞伤。

因此我无休止地认真冷静地忘记

那些所有被气味晒熟的辫子

像根须一般扣住道德，干涉偏爱

在低凹之处我手舞足蹈

终于让我抱着难以启齿的犬吠

无拘无束于被睡眠所冲淡的情绪上……

1987 年

附：15 岁时存诗两首

我 15 岁时写的第一批意象密集的抒情诗，有 30 余首。但都散失了，现只残存了两首，也是我当时自觉最绚丽的两首。第一首《辫子》，最初灵感似乎来自 5 世纪时的匈奴王和欧亚领袖，即"上帝之鞭"阿提拉（Attila，公元 406—453 年）的典故：据记载，阿提拉在将要征服罗马帝国的最后一夜，却被一个从罗马派来的美人所诱惑，最后被毒死。在历史传说中，那个神秘女间谍的突然出现之所以让阿提拉迷醉，是因为她的阴毛很长，长得可以编成辫子。

粉碎

就这样，我的奔跑被粉碎了

就这样,我是被别人的奔跑清扫掉的人

天,巨大得像一场辽阔的丧事
云集着蓝尸体和鸟:这吊孝的坏客人
你弯腰拾起落在地上的中国
与洒满一路的,世纪末的碎纸

一切零散碎片:都是我的穿越留下的

我的粉末,我的人群,什么是完整?
就这样,生活就是对我的聚拢
就这样,聚拢就是粉化,是剥落
彻底的脱离,彻底的灰

于是我的全部就是粉碎的全部
于是我也要粉碎你们的生活

1991 年 12 月 17 日 重庆

注:此诗写于 19 岁,重庆。当时我一个人住在重庆观音岩山坡上,在金刚塔巷里的一栋狭窄的吊脚楼(阁楼)上。那里本是我舅舅的家,但他不在。整个冬天我都在

读书并看窗外的远山、水塔、河流与别人家错落的屋顶。

贫民手稿一页

天气时阴时晴
地板发炎,桌椅昏庸
一生中的忧郁此时已全部完成
世界从此与我无关

以一个草芥的心胸宽恕女人
以一个愚民的身份怜悯权力
贫穷,这就是财富
此外我们没有别的财富

衣服可以不穿,因无数人穿过
我整个人瘦得几乎看不见
我说:泥土就是一切
植物理解我

1990 年 12 月 北京
2009 年 9 月略改

鹖熊与我

鹖熊,你偶然被我记忆
现在除了你我已记不起别人
你是第一个思考的人
我是最后一个
这是我为你写的短歌
其中总结了自你以来的全部经验
每一种经验都是你的预测
每一种经验都是我的体会

你的道理与我的道理
能互相重叠,正如你的书
打开的两面又重叠
边页上参差不齐的正是我们的人性
现在我读着你的 19 篇著作
现在我 19 岁
我与你足以完成文明

　　　　　　　　　　1991 年 广州

注:鹖熊,即《鹖子》作者,最早的先秦诸子之一,

楚人之祖，属道家。今本《鹖子》十九篇是汉代伪书。

精神来书

为什么这些人毫无意义
为什么物质像凝固的空虚
如果恶是一个国家的花边，同样：
假象、恨和疾病就是我的花边

宁静的制度生活
冷酷和平的产物
所有的旗帜都凌空摇着头
劝我不要过分悲伤

对此人们无话可说
因为真理一旦说出，就不再准确
吞服是多数人的事业
药片是多数人的语气

一封乌云的私人来书
迟早会被大雨读给土地听
而我将陪伴我的器官

一日一日昏睡不醒

奇怪的是旧军装、假花儿、小情绪
奇怪的是为什么我这一代人会难过
为什么这些人毫无意义
为什么物质是凝固的空虚

    1991年5月 中央音乐学院图书馆
       1992年5月8日修改

椭圆的检察厅

我烧完全部藏书
撕碎一切著作。梳洗。出走
而物质在世界上关押我
规定范围生活

地水火风,吹熄万能的光荣
山脉也不再会燃起高峰
我并不想在一切冷却之后
靠双腿扫走中国的灰烬

俯身一条河流，我流动的牢床
树林是我绿叶茂盛的铁栏
哦，地球，这椭圆的检察厅
为什么用海洋对我进行无边的审判？

七块陆地的宵禁，以大雪为布告
异乡人查封异乡人
在群山听众席的角落里
空出的座位兴许是我孩子的自由

1992 年 2 月 7 日 广州

废诗

千年的教徽长满苔藓
在一个山水铁化了的：春天

书，渐渐长进殉道者手里
真理与肉已融为一体

钢水炼就的瀑布前
一朵生锈的花，像一个光辉的箭头

为我指向绝对完美

磨得锃亮的神继续微笑
在络绎不绝的庶民的抚摸中闪耀

我看见焊死在跪姿中的膝盖
和磁化在摇篮里凝固的婴儿

1998 年

注：这首诗写于1998年，日本东京。写在一张笔记本的纸片上。无题。最近我整理旧手稿，它偶然掉了出来。纸片很旧了，下面还有别的文字，与此诗完全无关。我重新阅读此诗，感到很诡异。此诗在《花与反骨》中未收录，也不曾发表或给人看过。因为连我自己都早就忘了。记得当时我正处于对生活的极度焦虑和疲劳中。我不知道当时为何写。我已忘了那些灵感的起点，意象的理由。今日发在这里，也只是想让它自己成为自己的解释罢了。

曼荼罗图（未完成，1996）

从外向内，感觉

第一圈，一条紫色的栈道，玲珑剔透，无人走过

第二圈，12种矛盾，1行柳树围着9朵菊花

第三圈，灌满宗教之血，如红色肥肉

第四圈，有群书、癌细胞和梦

第五圈，布满乳房，呈伞状

第六圈的地上铺着花瓣，但也铺满了磕头者

第七圈是原子弹、塔和生殖器：三位一体

正中心似乎有一个字，或一个黑点

也可能什么也没有，什么也不是，空空的

只有一个声音：——

1996年6月 北京

如婴未孩

星球、胎盘、泡影

生命幻象总是一个饱满的圆形

全没一丝皱纹

全无一道口子

抑或哪怕一丁点尖锐棱角

世界绷得紧紧的

所以万物薄得透明

它本该通过脐带的曲径
遁入太初的山林
为永恒,为浑然一体
像圆寂者一般屏住呼吸
但突然,在宇宙之外
有一声惨叫
毁了它的完美
它本是神、光、零
但一过渡到肉体与黑暗
就立刻退化成了人

比一生的行动更完整的
是一生的雏形

1996 年 12 月 北京

士

集权的眼镜庇护你的脸
如人和书之间的两扇小窗
守静时你会突然流泪
只因看到一个词:行为

全宇宙都在这个词里

使你不敢移动目光(你从无任何行为)

使你反而不能说、无法动、害怕爱

只能渐渐化为阅读狂

午睡与墨香软禁了你的觉醒

灯、砚、纸、笔……都是你的官吏

革命就是对山水的一种默哀

觉醒者的谜底在于追悼自己

1995年(删改)

注:此诗原名《知识分子》。删除了一段。

瘦官员

6月,秀气的瘦官员锁住风景

事态从此一成不变

天斜挂着,树歪歪扭扭

车与人低头辨认道路

街上放着禁书、女色、伪科学

行走着苍白的办公室职员

农夫,以及隐藏的坏文人

我吃着其他生物的肉

我学会了简单的暴力

我还从上往下吐唾沫、乱走、怀疑石头

6月,我住在大楼顶,撕咬中国

喝着整个北温带的盐酸

我从一个指头开始烂起

直到烂死。随着我一起烂的

还有中东、苏联和蒙古

早晨我读报,活得叮当作响

用一尺长的弯刀

威胁戴耳环的现代猪狗

天热得使我的毛发被烧光

从临街的小窗口里

往外抛洒古书、画、西方印刷品

诗作。有时我把思想用毛笔

写在墙壁中央,把墨汁泼在饭桌上

我模仿701年的狂少年

在横布法官的祖国抒情

树高得不见了

漫天麻雀。鸡犬之声不绝于耳

秀气的瘦官员锁住风景

6月，毫无美丽可言

      1991 年 7 月 10 日 重庆

突然的行动

我拥有小人物赠送的花圈
我概不信任肥大的生活
原谅我，大自然
不是我故意不看太阳
和贴在中国鬓角的月亮

一个月来我不曾出门
只偶然想到过人类
一个月来我躲着
不梳头、不照镜子
不谈自由、食物、灵魂

今天我突然上街行动
我突然认出了树、花、石头
还有：整整一个大地
什么都有，什么也都没有

原谅我,大自然
不是我故意不呼吸
不是我故意在哭泣

1992 年 4 月 17 日

幽居

幽居渐渐度过,度过
灰尘睡满一屋
晨风晚雨,白水青山
扑打着,环抱着
大地上最后一间旧式阁楼
在一条斜路边
喷泉懒惰,雨泥哭泣
我手捧一卷
五十年前出版的怪书
潜心苦读。仿佛是要
用半个多世纪前的概念
来核对今天
在每寸过时的景色中
我都看见了古代

白如隐士的头发

野水独辟蹊径

流向寺院，而我走动于盆栽池养

之间，看寸石尺树，墨眼朱鳞

远方一动不动，严肃、消瘦

如偶像可望不可即

幽居渐渐度过，度过

门外无人，唯林中有鹤

病态的阳光不冷不热

射在纸窗上

禾田像梳过般整齐

空气发黄，易碎

使我不敢轻举妄动

我感到要和全部新事物一起

永远过这古老的生活

1991 年 1 月

0 日记

今天是 1991 年 2 月 1 日

钢笔麻醉在握它的手中

书案开裂,稿纸黄如卧病在床的人
生活只剩下谈死

凭着肤色,药和记忆力
我逐渐认识了中国的琵琶骨
凭着服装、异化和一种天生的敌意
我怀念比宋朝更瘦的往昔

今天是0000年0月0日
永恒来源于杜撰(如空对空导弹)
一粒看不见的灰尘若
落到世界上,人类便开始生存

1991年2月1日
2010年删改

子嗣(或:风筝)

有人在摆布我,升起,落下
或停在半空之中
犹如一只充满欲念的蜻蜓
捕捉我的,是一群邪恶的儿童

我摇摇晃晃,起伏不定
被称为痛苦的风筝
一根长线永远拖住了我
放手吧,制作我的人
天空啊,我已咬住你了

地面上的人聚集在一起
对我指手画脚
议论我的缺陷,欣赏我的挣扎
瞧,前方有电线
在风停下时,我已被烧焦

我再不听谁的话了
再不被牵着走。这纸糊的身体
彩描的面目,也不能阻碍我
晚了——教师,父亲
我就要掉下来了
你们所说的这种堕落:就是自由

1990 年

艳

涂蓝眼影的人在春睡

床榻生满青苔

乱风与灰尘在街上游行

举着抗旱标语牌

一支竹竿的影子摇晃

一片房瓦的眉毛抖动

三月,像一个情绪复杂的尼姑

室内的人清心寡欲

在门环上挂着"请勿打扰"

题材,故事和细节

创作不用精雕细磨

生活的气味十分浓烈

吹昏了擦口红的诗人

镜框的面孔呆板

石膏的脖子惨白

理想在狞笑,事业张牙舞爪

涂蓝眼影的人在春睡

灵魂生满青苔

1990 年 7 月

追忆

我追忆 1979 年猩红的春夜
她骑风而来,要我把古书和棉帽扔掉
那时我爱穿军装,并带着茶壶、算盘与刀
袭击明月,我还爱在集体上空盘旋

大街上有一群儿童在抽烟
湛蓝的吊裆裤、瘦脖子、脏手和白眼
收音机里总鼓噪着榜样的声音
白天,有个人竟喜欢一直走黑线

戴眼镜的妩媚军曹,别着钢笔
假笑。他还会僵硬地握手、发言
有一种可怕的恶习已在人间
盛行:它让每个人的脸都变成器官

1990—2010 年 9 月

椅子

这里若有一把椅子,能够休息

能够读、听、写
能够怀疑物质
我便坐下来,伸手接住
由走廊递过来的房间

夜晚并无责任
给你床,又给你黑暗
白昼也无法白送你光明还不刺眼
存在,即宽恕存在的另一半

这里并无一把椅子,供我忧伤
供我哭、笑、说
供我解析一切山头上的
宝座、首席,或第一把交椅的秘密
那就让灵魂虚位以待吧
我会站起身,伸手接住
由窗户递进来的大海

在世界的椅子上,已空无一人
在世界的椅子上,只坐着疲倦

1991 年 6 月

冷书

一

究竟是什么赋予我们恐惧?
像民间婚礼上,一位原始的客人,
歌唱古典,歌唱朴素,穿着有补丁的汉袍,
但我们仍然感到他可怕的神秘。
像好友临别前遗忘的书——他会返回;
我们暂时得到一种时代——迟早会丧失。
组成晚霞的云长久不散,长久存在,
而夕阳也要归还,不可避免。难道
易碎,不是这些人的特征?
这里的特征还有纤细、华丽、旧、危险。
因为人们本身的无力,所以不能得到
更多的生活;人们什么也没有抓住
如同河的两岸总是抓不住河流。
事物滑掉,事物流走,像农夫们穿过
有钱人修的亭子、集市、养鸭的湖,
也像酒香穿过朽木酒楼。
可这些终将会反复,过去的东西将重演数次
随着反复的痛苦而来的还有某些欢乐。

恐惧是现在最主要的感受,
我们永远不会分析它。我们盲目地害怕,
甚至忘记了还有一种稳定的事物——
知识与美。在世界粗糙的园林中
看不见的人类,是一行忽视了建筑的人。

二

究竟是什么让人们统一冷酷?
日常生活也能冲垮一个人。
呵不,我还远不够坚实,也远不够薄弱;
没有任何元素能帮助我实现
某个极端:将我放大到顶点,或缩小到无;
水与火都不能帮助我。像树林那样利用成长
他们已逐渐占据了繁荣的全部意义,
而我却想成为赤道附近的土地
总是夏天,总有果实。
我熟悉生活的铁怎样陷入我的肉
像鼠牙陷入房中的圆柱。我甚至已经能
背诵这铁的速度与重量,用我血液的口。
当他们欢笑,带着报纸、私章、茶叶
和妇女谈论民族,从书本上选择思想的时候,

我才感到我多么无足轻重；我浑身冰凉
是一个彻底的，冷透了的人。
我几乎轻得飘起来，冷得像雪片：这天上来的图案
复杂地落向我自己。不但不融化，却反而
将自己烫伤——像一根划过冬天的火柴。
在每一条冻结的眉毛上
都有一种弯曲的残忍；他们是亿万条眉毛
但额头却有着同一个角度，呵冷酷！
像穿过了数不清的缝隙，从人类中挤出来，
我的自由，却妨碍了去掌握人类的陌生。
呵哪里是熟悉？哪里是例外？哪里不冷？

1992 年 5 月 北京

注：此诗原名为"反光"，但不知为何在手稿上又被划掉了，改了个名。除此之外皆一字未改，虽然分为两段，但应该算是我 20 岁时写得最长的一首诗了。

假景色

晚霞中晃动着炭青的窗帘
就像穿红袍的人手执一朵墨菊

仙鹤的白斑，长在天空的鼻梁上

1990年，浅滩的标签贴满河边
鸳鸯渐渐变成荷花
堤岸上的垂柳看得如痴如狂

浮躁散开，水底尽显本色
大海好似压在玻璃板下的照片
我应该起程了，去远方包扎思想

暴雨如注，唾弃草木
阁楼里有一面灵牌无忧无虑
但我心里早已火光冲天

谁知道意象时代是否结束？
谁知道我是否便是中国的皱纹中
那条最深的皱纹？

民族的白发、兔唇或六指
全都剪掉吧：既然一切不由我决定
一切也不能决定我

1990—2010 年 9 月 29 日

窟窿

宇宙有时像一个实心皮球
太阳如瘤,让如疮的国度腐烂

在世界新秩序忧伤的生活中
风教育我:一棵树之美就在于从不乱说乱动

思想之嗅觉系统太发达了
历史的鼻子长满息肉

那天:旗如肺、街如肠、山如肝、月如胆
但他说他心里很空,他是全人类的窟窿

1991 年
2010 年删改

跏趺坐

12 月 4 日,白雪给大地擦胭脂
燕子似红唇,鲤鱼如眉毛
一件旧事突然让我爱摆架子,跏趺而坐

山林很狐媚，用孔雀的折扇遮面
空气在胎息中做算术
院落里，有只喜鹊像孕妇一样走路

太阳舌顶上腭。我渴望在不闻不问中
降魔，或在蒲团上了此一生
反正这世界的两腿再也伸不直了

万物百般纠缠，就像双盘
灵感从拇指、脚尖和肚脐一直贯穿到尾椎
佛，不过是个可以折叠起来的家伙

1990 年（删改）

尼

一条斜路进山
泉水懒惰。雨泥哭泣

庵中之尼，一碗清粥便可使她悟道
她用雪白的秃顶回忆黑发

只有干枝上的瘦鸟
和坐在水中的鱼
在认真思考她的倒影

窗外，野黄花像成千上万个戒疤布满了大地

她的头颅如一幢小白房子
建筑在她身体的枝杈上

她在临终前曾向空间
呼唤时间：请普度她的形象

1990年（删改）

音乐

在她弦上撒下的呼声
比新婚更加放肆。
倾听着。赞美并哭泣。
随着她的眼神，她狂热的顺从，
我被渐渐镶入暗蓝的早晨
软弱而纤细，
如同被泪水粘在枕巾上的发丝。

这是多么寒冷。
这是多么让我怀疑。我内心沉重，

闭上眼睛仔细感受：
青云和晚秋。黑燕和牡丹。

我低着嗓子，与她一起吟唱
忏悔似的用双手捂着脸。
捂着卸了红的嘴唇。
活着掩饰了初生的美好。
活着就是雌鸟抖落绒毛。
活着就是挂下来的帷帘。
爱抚着长发
并从鬓额一直垂到胸前。

1989年

早春

早春要永远厮守贞洁，
对生活避而不谈。
人的命运和感情也一定会被抛弃。
在灾难中抛弃家园，
犹如溺水者抛弃财物，
一切赖以生存的幸福抛弃了我。

冰凉的雨点扑打路面,
我的昏厥是陶醉式的惊醒!
粮食。贫穷。带着健康的思维能力
想象:重新开始。我是怎样地
把痛苦的晚期作品
歌唱得这样年轻。

早霞不属于白雪,
我也不属于真实世界。
大地。冷酷,一夜之间。
现实多么成熟,
像是体态丰臕的妇人。抚摸她,
适应她的身体。
心灵也勇敢地适应了牺牲。

在哪一天,远方口渴得像水稻,像灵魂
我是孤独的单恋者
回到决不愿收容我的河边。
看着忧伤、和平。看着美——
我将深深感到:
是日子,掌握着每一个人。

1989 年

瘦女儿

我们就要在诞生前相逢了
独身的父辈。你是炉上的白玉
我是妖娆的烟雾。
除了将你慢慢地熏陶,
我坚信,你把我从世上赎出来
一定还有着别的原因。

现在,我正日以继夜地向你走来,
在接近你的路上,我渐渐恢复了原形:
我有着紫藤似的粉颈,
有着根茎般的双足。
在我被约束的那一天,
这些就已注定。

如今我长大成人,
我的外貌就像丰富的辞藻。
我本可以在关我地方把你忘却,
本可以不再学你的与世隔绝。

而我没有这样做,我回来了,

我要重新种植自己。

要永远把你缠绕,和你相依为命。

不管还有着什么别的原因,

我始终爱你!因为我始终是

你最不愿意理睬的瘦女儿。

因为此时此刻,返回时是前往,

泥土是栽插之前的花圃,

我是忧愁。

1989 年

在环境中

清晨就像是注重细节的剧作

这样感人肺腑。我一直醒着,一直沉醉

按照自己的方式祈求序幕,

不管是对谁,都像疯了一样可悲。

活着应该多么安静。天台极为可怕地冥想:

房顶点燃银矾似的晨光,

星星像白蜡,滴在扭动着的羊齿植物上。

整整有一年我为春天烧香提纯,

三月炼就的废灰,考虑时间的神秘。

我最爱的人我还没见过一次,
更不知道她的姓名。犹如音乐或是经文
只要能与她同在,我会不顾一切
会浑身发软躺在永恒的床上等候着,
对不可目睹的人生深表同情。

我窒息,说起话来语无伦次,
面对丛林再也忍不住热泪,
我看得出神,完全丧失了抵抗力,
喉咙疼得出血,热水起着乙醚的作用,
我被自己的双手捆住内心
却无人过来询问,解脱更是遥遥无期。

生活,带上藐视走过这个干净的环境。
熟睡越来越深奥,不被理智所承认,
像夜晚的车辙一样世故
沿着痉挛的背景,绕道接近黎明。

1990 年

注：以上四首诗曾发表于《花城》1990年第四期，但未收入后来的任何诗集。

准诗抄（一组无标题手稿）

1

晚霞必然会缝纫天空的缺陷
就像红色概念弥补我湛蓝的生活
不，我并不需要什么多余补丁
来遮盖我幸福至极的裂口

阴雨天狡猾地粉饰大地的哭泣
河流把泪水从陆地运向海洋
柳树垂着胡须，得意忘形
利用国家炫耀时代的衰老

神秘的没收者拿走了旧衣服般的权利
寒冷就是对温暖的反面偿还
冬天，我是我自己发抖的继承者
我是我本身冻红的恐怖

1992年 北京

2

女人就像燕子般的英雄
勇敢而灵活地住在我们头顶
黄金在人们赞美的熔炼下滴落
浇铸着我的个人位置

我集中精神走完每一步
在柳树林里踢开祖国的碎石
灵魂在淤泥上轧出车辙般的痕迹
不停地眺望掉进远方的圈套

思想如同一道牢固的泉水
沿着我们苦涩的头盖骨流走
从看不见肉体的含羞的战斗中
优美生活已经俘虏了贫穷

       1992年1月30日　广州

3

透过清瘦而严密的国家骨骸

太阳光才困难地将我照耀
而街道在无数办公楼的遮掩下
却反射出夺目的人群

中午,一切都清楚得惊人
杂草在克制酥痒,仓库酸痛
我的住房也大惊失色
没有人胆敢否定集权幸福的具体

什么都是显而易见的,毫无隐藏的
牛羊咀嚼着宗教场所
为碧绿的教条所陶醉
亚洲因袒露辽阔而害羞

在这世界的摆设里,我被迫唯一
成为神秘器具的安装者
为了懂得照耀,为了让看不见的事物
反而能证实光明的意义

1991 年 12 月 19 日

4

我是文学煤黑的孤儿
只会饥饿地看着纸张
它用惨白罩住我的全身
如聚光灯罩住盲人

我用形式和内容充饥
我的流派叫主义中的主义
比纸张更平庸的脸
第一万次倒映在纸张上面

摔伤在地板上的月色
使一只千足虫惊异,使我昏迷
我写作,在执法森严的房间
钟表妖声怪气地嘀嗒响

神、父母、劣等艺术
我是汉语的孤儿、书法的孤儿
我是以病为美的种族中
最后一个纤眉细眼的孩子

1990 年 10 月

5

犹如医学挂在医生的脑中
白窗帘挂在窗框上
我喜欢坐在南方的屋子里
我只愿带着南方人的疑惑

天空古怪、突兀,如封建的前额
雪,像酒精棉球一样扫路
有个人,不停地写作
直到昏倒在写作中

有些建筑我不敢靠近
有些生活我反复生活
月光的术语呀,全靠树枝来注释
我将像癫僧一样从街上飞过

1990 年 12 月
2010 年删改

6

愿我能长久地思考一块物质
愿我有一架安慰的书

这石头也是形式的石头
这空气也使我浑身刺痛

你们将被一盏制度之灯规定光明
你们必定扭转你们的脸,却仍旧被识别

而我独自站在窗前
我渐渐与窗帘合为一体:于是我飘动

让零碎的时间挥发在房间里
让数不清的嘀嗒摔成一地声音式的灰

愿我在我的身体之外肯定一块物质
愿我有一架安慰的书

1991年12月3日 重庆

7

一个人在灯下

拖延着光辉

手握古诗,感觉着消灭

什么人的恶的日子

在陈腐亚洲被度过殆尽

什么革命能够

是这样的:温暖,新颖

有一种打倒了物质的感情?

一个人在树下

拖延着伟大

他的形象披衣而坐,触目惊心

1992 年

注:这一组诗的总标题为后加的。原始手稿上无标题,或仅以第一行为标题,应为当时即兴之作。

残句

早晨,我跪着,像一株炸开的灵芝
在光天化日之下等候着某个狰狞的采药人

1990 年

注:此诗原标题为《一周》。大部分删除,只保留此二句。

埋伏

下雨从来就是平白无故的
在无事之日,无端心烦
让我永远面向贴满年画的窗口
一觉醒来,已是那天上午
一个"无"的上午
这时楼上竟还有人来回踱步

震耳欲聋的蝉鸣令我睡眼惺忪
在遮掩成荫的横匾下穿行
发白的羞怯像癣一样使人坐立不安

我从这个粉饰的天气出来

向一个更重要的地方快步走去

一觉醒来,已是那天上午

是那个提黑皮包的中年妇女曾经埋伏过的上午

侧身眺望,满处古筝横放在祠堂

成为随心所欲的言行

成为疏离时的借口

风湿再次一年一度

已波及到我在腊月里的苦衷

1988 年 12 月

白昼

白昼是我的封条和疾苦,正午不可挽救

我要用纸和麻布遮掩全部漏光之处

抒发完所有过度的激情

在视力减退的早晨,删节回忆

我熟悉春日的一切,伤身的婚姻

清醒的生命,及关节疼痛的时辰和晚霞

甚至"不幸"也会成为一座房屋

与谁交谈都不会懂得

回避将继续下去,棉衣将继续卷起我的身体
室内的木椅,水边的蚊蚋
不知不觉已吸完了
那些注入我眩晕的白昼

此刻,愚蠢的黄昏已近在咫尺
阳光被腰斩在霉点般的云朵中
诗稿渐渐发馊,遗失或糜烂
不可能再去批改,只能轻轻抚摸
像是用盲文打印的生活

1989 年 11 月

地上一行花

地上一行花
哦,一种连贯的美
它们整齐地对映,联系
正如一行植物的火

在一朵与一朵之间
有几种物质存在
它们是香味,蜂嗡声
和一两只退走的手

花的周围有一圈木栏
木栏正对着一座房屋
还有呼吸的烟囱
和一只睡觉的公鸡

远方有一个人
天黑时到这里来住
树高、鸟多、水深
寂静取缔孤独

1991 年 7 月 6 日

表盘

我活在一所严寒的学府里
天像塑料,地像一只停顿的铁皮表盘
我突然走动起来

如同复活的秒针

最后一分钟,我也要
围绕那个旧知识走最后六十步
围绕一个生锈的道理
重温十二种不同时刻

藏书楼中尖刻的学生与院子里阴森的教师
许多年前的矛盾我又回想起来
一点、四点与九点的闹钟
像过时的学说发出咽气的轰鸣

一切生活都是弥留之际
永恒十分可疑;幻觉是机械原理
我是从零点走到零点的动物
世界是从停止到停止的运行

1990 年 11 月

作家

我随便指定事件

我任意编撰人物

而你作为用热情捆绑十月之人

则需要领袖式的哭泣

我要坚持用一种温暖的恶习

与春天的怪癖，来安慰自己保守的心

暴风雪涂改从前的雪地

我也涂改从前的手记

阳光睡死，蓝天尖叫

大海以吊床的幅度摇晃

白天，火车犹如面目铁青的人在咳嗽着奔跑

小说、诗与复杂故事将结晶出午夜两点的散文

我随便指定诞生

我任意编撰死期

而你作为突然梳理这个世界之人

则需要毫无意义地活下去

1991年2月28日

草图

要用蓝墨水写吊唁书
要翻遍将死者所有的口袋
为遗孤们讲一则新写的童话
和素不相识之人一起悲伤

爱情就挂在墙上
狂妄就放在抽屉里
你还有什么不满意
我昔日的野兽,昔日的情侣

今天不是今天,往事才刚刚开始
江雾像一只白净的手,船是手上的墨渍
我们是否早已被人从纸上涂抹掉
我们只算是两团潦草的空气

1990 年 7 月

踩水

天一变冷,大气层就冻成幽灵

被雪抹杀的少年会用睫毛匡扶恶意
天一转暖,你就会下海去游泳
衰老的四肢推开蓝色的空虚

首先领悟的词语是"结束"
最后说出来的却并非"遗嘱"
因为石头本身即疼痛
花朵则是丰满的腐刑

冬日,一条退路将从海上漂泊而来
前途将以海豹的速度与鼠牙的硬度捕捉我们
好在你能像某个怪人那样用时间
踩水:你沉沦于大街上如在海底穿行

1990 年 10 月
2001 年删改

第二篇　12 岁的秋日：三岛由纪夫少年诗（48 首）

早就想翻译三岛由纪夫早年的一些诗。

作为影响深远的日本近代作家，大多数人都只关注过三岛由纪夫的小说或随笔，尤其是他的言论、行动学和 1970 年震惊世界的剖腹自杀事件。很少有人记得，三岛由纪夫其实在青春期之前就开始写诗，最初是以一个少年诗人的身份登临文学史的。三岛早期的诗本分为幼年诗与少年诗，因让人惊讶的是，三岛由纪夫是一个据说"12 岁便吟咏秋天"（一说 6 岁）的孩子，然后写到 16 岁就几乎终止了，他的第一个读者始终是他的母亲倭文重。大约 20 岁之后，三岛再也没写过诗。在 45 岁自杀之前，他便完全潜心于小说、随笔与戏剧了。在他成为著名作家之后，也只是偶尔会提到写诗的事，譬如在小说《写诗的少年》中。他有时或许会为某些作品写一首专门的诗，譬如《太阳与铁》之后附录的诗，但那只是强弩之末或理性的产物。

日文版的《三岛由纪夫全集》有三十几大本，上千万字，其种类涉及长短篇小说、随笔、回忆录、哲学、神道、佛教、戏剧、能、歌舞伎、摄影、电影与演讲等，是一座非常复杂的迷宫，堪称"丰饶之海"。但他的少年诗，据目前统计一共就只有 60 来首。这些诗很少、很美，也很意外地尖锐。其情感与意象之细腻入微，读后你几乎难以将他与后来那个充满暴力神话的大作家联系——同时又很清晰地看到了他的双重人格之谜底。我认为，无论后来的经验、理想或变化如何，三岛由纪夫的本质一直都是一个诗人，而且是一个异端的少年诗人。由于贵族出身和东方文化的特征，三岛的诗心甚至比兰波更早熟、更微妙。因我们很难想象，一个 12 岁的孩子为何会有秋思的忧愁。当然，我们也很难忘记过去读《春雪》《禁色》《金阁寺》《假面的自白》《行动学入门》《拉帝格之死》《音乐》或《潮骚》与《忧国》等时的终极震撼。也很难忘记《奔马》里那个激烈的少年刺客的形象。这些成年三岛的极端美学，与少年三岛的天性是不可分割的。他从小就关心小鸟之死，感叹一片小树叶如何抱着微风或冬日的哀愁——这些与他后来所强调的"死就是一种文化"，完全是一脉相承的。

在三岛的诗中，造语、稀有汉字和古语很多，而我的日语水平又太有限了，于是自去年到今年，我试译了 38 首，作为一个开头吧。很多好的还没来得及译。只是先放在这里作为一个参考，也是对自己写作的督促。

中国已经大量翻译了三岛其他的重要文学作品，只有少年诗，一直没有人翻译过。而其中大部分表现出的空灵和惊人的美好，有着接近禅意的细腻和伟大天赋的端倪。他12岁、13岁写的《小曲集》组诗与《十五岁诗集》《一周诗集》等，和他后来的狂暴血腥的美学相得益彰，使得他的形象与意味都更圆满了。

生活真是改变人，那不太为人所熟知的少年三岛，曾是怎样柔弱呀。

在翻译中，有时我都不自觉地被他的柔情似水感动得含泪了。我甚至觉得是在读一个情窦初开的少女的诗，而不是一个少年的。

在这些诗中，我们能窥见少年三岛对死、本能、暴力或毁灭美，有一种天生的倾向，也能窥见他对日本的山林、庭院、海，或者对一只鹦鹉或一颗小草与一切众生都有的稚嫩的爱。

这是一个对世界之美要求得太严格的人。

如果这世界有一丝一毫的丑，便会让他哭泣、愤怒甚至弃绝。

虽然这种纯粹日本传统的思维也许对于中国文化来说，显得有些刻意了，但并不妨碍我们去了解，甚至诠释朱光潜先生著名的格言："小就是美。"

作家三岛由纪夫和所有昭和时代的"军国少年"一样，早年便熟读日本古代和歌，他也喜欢读谷崎润一郎、泉镜花与王尔德等人的典雅语言，再加上战时的诗人如立原道造、莲田善明等的诗或死，都对他后期人格与文风形成了深远影响,但他并不像过去的中原中也(1907—1937,日本大正时期天才少年诗人,30岁即去世了)。因大正末期,日本社会还没有完全从第一次世界大战的创伤中恢复过来,文学世风尚尊达达主义等西方潮流。少年三岛由纪夫的时代,是战争时期充满野心和张力时代的日本,民族主义的日本。然后,又因战败而迅速堕入资本主义,颓废与经济动物式的当代日本。被洗脑后的"军国少年"的爱与心皆不自觉地随着世界之恶而跌宕起伏,又不自觉地要追随人性与大自然的美。故要了解三岛由纪夫的精神根本,了解这个激进的鬼才和伟大的小说家其尊血的精神源自何处,不必赘言,必须得去看他的少年诗。

基于篇幅、水平和资料,三岛小学期间的幼年诗,本书就不收录了。我手中的《三岛由纪夫少年诗》(潮出版社,昭和四十八年)一书,是我10年前在东京神保町旧书店偶然买到的。作者为小川和佑,他也未谈三岛的幼年诗。因那些吟咏秋天的小诗虽很可爱,但语言浅陋,还算不上是真正的作品。唯有一首写于小学五年级的传统俳句:"曙光秋雾笼罩街道,早起人影奔赴远方。"还算是流露出少年三岛对孤独与苍茫人间的感慨了。小川和佑的书本是长篇论文,收录的几乎全部是三岛重要的少年诗。但愿以后有人能将三岛全集翻译过来。我的译文与语言也有不少缺陷或疏漏,抛砖引玉,为的是请未来的方家批评斧正之。适逢这些译文有幸第一次出版,特此小记。

2011年 北京

短诗十章

I 白昼官邸

锁孔中的光线渐渐落下
灰尘，越来越少
它们有些在叹息着飞扬。

那一道光线
就是你的裸体
有蔷薇和少女的色泽。

在白日官邸的长廊下
轻轻地将千金小姐呼唤：请来用餐吧……

昭和十四年十二月二十六日

Ⅱ 冬日清晨的日光

太阳向着欢乐的都市
投掷出让人变冷的早晨
我横卧在一张矮榻上
嘲笑着这道恶的阳光。

昭和十五年一月二十五日

Ⅲ 伪装

每一块玻璃看上去都是透明的
但切开它,里面却是蓝色
更何况你那一双眼神
其中隐藏着你怎样的爱恋

昭和十五年一月二十六日

Ⅳ 倦怠

毛玻璃窗总是无情的
但也能看见一种明亮的光

外面的世界注定是一个舞台

是渺小之我立锥的地方

昭和十五年一月二十八日

Ⅴ 花的黑暗

夜晚太沉重了

花瓶里的花朵们

都垂着头,被压弯了脖子

白色被抹杀了……

它们脸庞的阴影

倒映在漆器中

接着,透过这些影子

我终于眺望到了花的黑暗

昭和十五年一月五日

Ⅵ 古墓

我正在散步

走过落木、树叶、古老的森林

也走过平地、沼泽和狭窄的山丘

我的靴子脚步声干脆

我的手指在岩石之间抚摸

在岩石的守护中,有一具小鸟的尸骨

落叶、果子和青草将它覆盖着

那是一座这世上最小的古墓

昭和十三年十月二日

Ⅶ 早晨

在有风的明亮之晨

光线为绿叶镶边

展现着不可思议的波纹

一种微妙的声音

在我的耳畔游动

萤火虫的舞蹈

扇起羽翼的音乐

四面八方的道路都在唱着歌呀

小径上的草也让我很有感触

昭和十三年五月二十六日

Ⅷ 明亮的橡树

蓝色之杯在忧郁地微笑

你的睫毛,你的眼睑
曾洒上一片银粉般冷酷的睡眠

被埋没的宝石才总是会忽明忽暗

一边大笑着站起来
一边走向帆船
哦,大海……哦,有金云的夏天

哪怕是毛毛虫,一旦抓住时机
也会努力变成樱花的花边

更何况我这小石头般的人
终会超越明亮的橡树
为了看海而走向行动

昭和十四年七月二十四日

IX 某日清晨

拖着白色长裙的下摆

她一个人在草地上飞奔疾驰

像惊慌失措的鸟儿

带着透明的肉体

冲破晨雾穿行

戴着所有暗金色的花的面具

以及一切森林、湖泊和喷泉

她仿佛是包在防缩水的世界里

像一面看不见虚荣的镜子

昭和十四年八月二十一日

X 淡妆

哦,化了淡妆的桃子多么美

而且旁边还有一只金甲虫

还有

闪光的夏日的白昼

只有在投出的标枪中

一个男人才能感觉到海有多远

而对像桃一样的少女的脸颊
就要用手去看：触摸……

昭和十四年九月三十日

吾唯愿点燃

吾唯愿点燃
曾一味忍耐、怜恤之事，那是高贵的抚慰
比顺从更艰险，比悲愁更绝美的样子
此即一个没有反抗之人所信仰之路

吾不久将遭遇，懊悔且无比难过之事
吾知道，一切忍耐都从内心开始
那将在某日，在季节缓慢循环的时刻出现

……

然后春天降临，点燃了树、花、鸟与鸟之归巢
将忍耐之衣从吾身上脱去

吾祈祷：为了将所有失去的重新召回

——突然披上虚无之铠甲

让"懊悔"成为吾之裸身吧

昭和十六年十一月二十二日

发表于《文艺文化》一月号

歌为天音——附菊

那住在菊花中的歌

比王的断头更重

在青云暧瞳的天空

静谧地开放

祭祀的气味如秋之吉日

有清澈忧愁的前奏

色之影皆不落

一朵菊花之歌

有万物之上的晴朗

昭和十七年十月十二日

发表于《文艺文化》十二月号

注:《歌为天音》是三岛由纪夫早期的短篇小说。

鹿

古老的房屋散发出橡树的气味
一条令人怀念的苍苔小径
囚禁着潮湿的你
你身披幽雅的白衣
哦,你从不回头且那么遥远
记忆的折扇若隐若现地打开又合上
难受的心乃因被放松而死去,像一根丝弦
我需要的是手术刀和麻醉剂。
——仿佛一阵突来刮来的风
刹那间将我改变
我会像钟表一样停下来
痛苦如冰。

愿与骇人听闻的你一起
像鹿衔嫩叶一般在森林中快活地驰骋

摘自《小曲集》,昭和十六年十一月
《辅仁会杂志》第一六七号

展翅

本想永在你展翅时贴着你

云雀在牧场上歌唱

森林如葛布兰花地毯一样被熏得发黑

(这是我们愉快的祭祀时节)

然而到现在

我却被你的展翅所遗忘

你已向着未知飞越

在紫罗兰天穹下,在牧场的黄昏

我只是巨大光辉下一根空虚的羽毛

沿着茂密的野蔷薇丛

和小溪边飘舞

像一只啄食青涩樱桃的小鸟

像一首短歌般滑翔

仿佛在练字

我被一种神圣的、干枯的余韵所引导……

《辅仁会杂志》第一六七号

昭和十六年,十一月

山楂

羊在茂密的山楂丛中哭泣
远雷隐隐地烧焦于
天空尽头。在森林环绕的湖畔
你穿着丝绸和服
——褶皱冷艳,如一把合上的带花边的折扇——
颤抖的手握住我的手
仿佛在确信一场早已失去的爱情
清晨空虚,曾与几度梦魇相见又相忘
在风越刮越大的百合花原野上
我只憧憬着一件事
我要在你
温柔的怀中寻求水脉一饮

《辅仁会杂志》第一六七号
昭和十六年十一月

果实

你的手在我的手中悸动
像只胆怯的鸽子。我害怕

我的青春——这唯一残留的果实
石竹色的嘴唇将它如啄食一般地清洗
在以泪洗面的夏日,不知不觉
这清洗浮现在我心之庭苑里

午前。
森林在森林的一边变暗……
喷泉同时飞溅四溢
花朵在羊齿草丛间盛开
麋鹿安详地竖起了耳朵

哦,你却退避三舍——像一种舞蹈
其间,也会有某种难以听见的东西
将你的双足痛苦地粘在一起
我想,你是处女座
你逃遁的姿势,犹如一张美艳的弓……
但在果实被迅速啄食之前
它仍残存在我的掌中

《辅仁会杂志》第一六七号
昭和十六年,十一月

幸福的胆汁

昨日,我曾将幸福追逐

好不容易才将其紧紧抓住

我曾错过欢乐

此刻竟走入幸福之中

但我的心却断定:

有一种无法驱逐之物,无法驱逐之物

让我与幸福都停下了脚步

本想用悲愁的语言来述说细节

但嘴角却露出浮华的微笑

过度的哀叹与虚构

从不懂得何为疑惑

我把自己的一切当作赝品般的"他"

我仿佛踩在了一切不幸之上

以此超越了幸福

在我体内

一种幸福的胆汁正弥漫天下

只是不知何时有一滴泪竟然站到了我心的尖顶上

一九四〇年十月

风的抑扬

归巢鸟在林间飞来飞去,太阳给蔷薇丛铺上了条纹,整日心绪都在歪着头遐想,那些你经常闲庭信步的地方。

总是那么忙,也那么期望,你带着哀伤的步伐出现:走走停停……如一阵绚丽的风,唯恐有太多的记忆将你围绕,无须喜悦与忧愁,又唯恐有太多苏醒将你打扰。

然而:
风摇晃得太亮,从未疏忽过的羞涩,如此温柔地向着你而闪耀,百合花仿佛也只倒映于曙光与夕阳。

然而:
风中的一小丛蔷薇,目不转睛地凝视你的哀愁,有如红色沙漏中的沙,令人焦虑地落下。

哦,我从这里能看见你,我屏住了呼吸。绿色的风从身边划过,如一声叹息般飞逝,冲破了这道樊篱。

《辅仁会杂志》第一六七号
昭和十六年十一月

马

月挂山巅，孤旅载物。他们出发了，如银色的逃亡隐入林中，穿过沼泽。为了向着枯红的海湾、阿拉伯的海湾前进，还在寂静中打着响鼻。无论何时，都有零零星星的夜之鸟疾驰于上空，一边尖叫，一边追逐着这些烈马。

我知道那马出现的时刻终于来了。我已看见。我们世世代代都在它骨骼的桥梁上——那马来了，闪出珐琅般的赤色光辉，咬啮着牙，睁大着眼，像疾驰的毛毛虫一般地来了。当它们在水洼上驰骋之时，会为我倒映出绯色瑰丽的雄姿。

林间嫩芽有青色的自由，原始丛林摇曳出嘈杂声。水洼到处能见……其中有天空，有道路，有令人眩晕的头脑。一道堕落天使般的长虹也居于其中。那长虹时常很热烈，而且宽广如友禅绸*。

向着那令人反胃的蓝天，马摇摇晃晃地站起来了。我们不禁开始了合唱。桥也变软了，如一根鞭子。（哦，也如一条雨后的大街。）

马之面孔迎向太阳，桃色的鬃毛与尾巴则带着愤怒与喜悦。为了冲破这无常的秩序，它仿佛拉风箱似的张开了鼻孔。(那鼻孔深处竟也是桃色的。)

马在驰骋。

长虹高悬。

长虹甚至倾斜了,状若一顶苦恼的王冠。

我知道那马离开的时刻终于来了。当仇恨的暗影在地平线上隐遁,怯懦的小鸟们便会出来开始歌唱。天际一线,浓云翻滚。一种被遗忘的憧憬,变得逐渐稀疏而宽广起来,那再也不会恐惧的幻灭之曲也终于在此刻响起……

《辅仁会杂志》第一六七号
昭和十六年十一月

注:友禅绸,制作和服的一种绸缎。另,《马》与《风的抑扬》也都是三岛15岁时写的,可以算作散文诗。《马》的第一段叫"序曲",放在《小曲集》的末尾。此诗的意象足以令人想起西方那些少年诗人,如诺瓦里斯、兰波、特拉克尔、洛特雷阿蒙的散文诗,想起里尔克《军旗手的爱与死之歌》,想起中原中也和立原道造(三岛那个阶段尤其受立原的影响)这些早逝的日本天才诗人,当然也能让我们想起唐人李长吉或明人吴之振的那些著名的

"马诗"。而且我以为这首诗应该也是三岛后来写下《奔马》的原始雏形,虽然后者是写少年叶隐哲学的小说,但其以死亡为美的幻灭精神十分类似。以上这些短诗皆出自《小曲集》,三岛由纪夫当时发表于《辅仁会杂志》第165号,署名平冈公威。他写作时的年龄应为12岁到15岁。

秋

当银色海滨的

大遮阳伞消失的时刻

或月夜窗前

蟋蟀哭泣的时刻

野山穿着的绿色单衣

更换为黄金内衣的时刻

秋日的足音便近了。

小鸟带着寒意,进入橙色的果实之国

暑热早已散去,如让帝都怀念的火盆

我幻想着无尽的天空

将一叶有红桨的小舟荡起

柿子已烂熟

被邪恶的乌鸦啄食

当百舌鸟

如拙劣的女高音发出尖叫。

——那便是秋天了吧。

昭和十二年九月

寂寞之秋

在不可思议的山谷间

弥漫的孤独

如炭火一样升起烟雾来了。

烟雾

是辽阔天空的一角

不知有谁正在被埋葬

它在空中升起宛如碧绿的刺绣。

一条腿受伤的狗

正一瘸一拐地走在小径上

山里满是潮湿的枯叶

还有被猫啃咬过的老鼠残骸。

在山上

枯叶坠落的声音
——宛如这一切的灰色挽歌。

风暴的预兆
正从山间传来
因为有一朵漆黑的、巨人般的云已经站起来了

昭和十二年十月

回声

这个洞穴（通往地狱之路）
之中，也有人出入
它尖细狭窄的过道，犹如恶魔的喉咙
进去后还能走到底的人一个也无。

那是永远的谜和神秘的洞穴。
其实我还曾在别的更顽固的洞穴前站立过
对着它投进我温柔的爱的话语
但是，洞里反馈的回声
不是我现在的声音
而是几年前我最初的声音

那意外的、另一个地狱的洞穴呀
便是希望与新生的洞穴吧。

昭和十二年十月

雨

雨乃天之泪
飞在雨中的白蛾
眼睛也因苍白而刺痛
泪水被毫无意义地挤了出来
而雨乃
天之泪

昭和十三年三月

海市蜃楼之国

钢盔一样的圆屋顶
悬挂在天空一角

愁面侏儒发明了

用手指制造的新方程式

大熊星座和土星绑在一起
便完成了一次航线

仰望僧侣们的圣书
那是宛如发疯一般的"空虚的"的线与线

其实这地球
就是一个在夕阳暮色之中
哀叹并倾诉的富翁

昭和十三年六月

月夜操练
——在上总一之宫海岸

在栗色轮廓包裹的松林
蝙蝠开始恸哭
油能让带剑皆发光
人们都踏入黑松林里去散步
……月色升起了

在流浪狗的骨头被抛弃的沙地上升起

照明弹的长尾巴抚摸着针叶林的额头
月光闪耀着沦陷在海里

在月夜……
小小的灯火连接着家
翡翠色的喇叭声在远方涌动
朋友呀
你用前额为我描绘出了一片新的"幻梦"

昭和十三年六月

陨星

那摇摇欲坠的陨星之光
最初是很美的
但陨星却是
在一瞬间便会燃烧干净的

今天的人们总试图去将永恒之美追逐
像流浪狗一样四处乱走

我从窗口看见漆黑的大海
大海总是将大陆戴在头上生活

别处的小陨星有各种各样
每一个坠落在地时都会与众不同

但是它们都带着一瞬间的美的气质
仿佛在嘲笑人类的欲求
陨星的侧面之光
最初都是很美的

流浪狗一样的人们啊
只能在坠落的旅途上继续走着

昭和十三年六月

短唱三首

恋母的雏鸡

恋母的雏鸡,哭声,月色本如灯。

野狐

野狐巢穴中,幼狐,听着鼯鼠之歌睡熟。

古恋鸟

吉野之山多寂寞,几度痛哭,那是杜鹃吗。

昭和十三年

斜阳

红圆盆似的日头
在绿树与绿树之间
尚未坠落
现在好像隐退了
但还会复出

然而
如果我稍微回头
错过那一瞬间
它的燃烧就会熄灭

像一截烟头

一个极小的点

只会留下一片红

$\qquad\qquad\qquad$昭和十二年八月

注：以上也选自三岛由纪夫《小曲集》。

独白
——废屋中的少女

窗外寒风凛冽

我的头发萎靡成一团

地板如此的冰冷

我的脚已全冻僵了。

为什么有这么多积攒的事物呀。

如一本复杂巨大的书。

哦，我的脑中混乱不堪。

$\qquad\qquad\qquad$ *

窗户关着

地板温暖

书，就把这本书扔进火中去吧……

我……我想真实地存在。

靠在睡椅上，我想真实地存在。

我从不爱穿红

我披头散发

再美的服装也不愿上身

唯独，只想把真实凝视

——在空间之上

还有更大的空间在漂浮

幻影交错

但我想去创造一具真实的肉体

昭和十三年六月

第五支号角

——《启示录》第九章

我看见了

一颗星坠落在地上

他将"幽暗地坑的钥匙"交出去

然后像年轻女神般坠落在地上

我看见了那瞳孔

那预示着灾祸与恐怖

多么地辉煌而闪耀

……那是黑暗的、与天地同眠的事物

目光之洞里全是盲目

我看见了

坑中冒出不可思议的烟雾

死者用黑色的麻布裹住身体

我看见了烟雾之中

没有结果的夜,没有希望的阴影

……那是这世上最寒冷的挽歌

在没有火焰的国度吟唱的

必然是最寒冷的挽歌

我看见了

烟雾中生出一只蝗虫

他带着蝎子的力量痛苦地来临

我看见了它的头

戴着金色冠冕,并用风信子宝石镶嵌

他的名字叫阿巴东

有一枚封印在他的前额

*

哦,没有结果的黑暗在无限蔓延

而银色波浪在萎缩

那些宝瓶座下死海里的鱼群

还等待着清晨的来临

我从草地走来

带着露水,挺身而去

在略有寒意的、下雨的灰色明天

我冷不丁地打了个颤抖

哦,今天也没什么太阳

那烟雾中生出的蝗虫

将怎样行走

飞往何方。

昭和十三年六月

星座

穿着猩红长袍和赤色面纱的

居住在大理石建筑中的人们

将神话挂在空中

诸神或越过蓝海,或横穿夜云

而横卧的肉体

也在幻想的图景中

——如一个石化的长老

水一旦从瓶中溢出后,便会流失殆尽。

昭和十三年六月

九官鸟 *

九官鸟总是爱嘲讽我的语言

她一边笑一边说脏话

那黑桃皇后一样的鸟喙

将我的啄得衣衫褴褛

有时我在想

将讽刺之技教给别人的人

她的谩骂该怎样让听者难受和厌恶

那张嘴唇该是多么地顽固

我也什么都做得出来

失去了手臂的我

就站在奇妙的古代雕像群里

在他们喘息的苍白之唇里

我一直在思考

那些将讽刺之技教给别人的人

如阿拉巴斯特瓶*的阴影

总有一种不可思议的香气在翩然升华

昭和十三年六月

注：九官鸟，即鹩哥。阿拉巴斯特瓶（Alabastron），古希腊的一种小陶瓶或玻璃，通常为圆筒形，用来盛放药膏、香料或油。

凶事

我一个黄昏一个黄昏地

站在窗前，等待离奇的事发生

凶恶的尘沙如不吉利的事变

或夜的虹霓，从街道上

朝我汹涌地袭来。

枯树与枯树

犹如拥挤在干了之后的
海绵之间
蔷薇辉耀着石色
浮现在黄昏的空中……

我看见了浓郁而肥厚的
晚霞中搅拌着凶事的色泽
我像中国人一样关闭了心扉
天空犹如沦陷在
悲惨世界中的黑家伙们
在彻夜争论不休
星辰的血滴落下来
喧嚣的夜色撕裂了卧室

我在等待着离奇的事发生
吉兆也就是凶兆
向被车碾过的死者漆黑地叩拜
我的血在一柄短刀上冻得发红……

一九四〇年一月

日轮礼赞

我们站在太阳面前
像少女一样羞涩
它的脸我们一次也没见过
只知道在它面前将这肉身抛弃

可能有一点悔恨,随即就平静
因为太阳绝不允许这种安静
在新一轮的懊悔的悬崖边
多少次都会哭泣着献身于这种抛弃

其实一切都是多余的克制
我一直都曾这么思索
对于人生这愚昧的苦役
就应该像尸骸一样将它抛弃

然后,太阳的光辉就会照过来
人们就会将它赞美
而我将独自在黑暗的坑中
把那躲避阳光的灵魂永远抛弃。

一九四〇年三月

风与木兰花

到处都是大枝、小枝
雪白而又玲珑
像命中注定的手帕
那是死结般地挽在一起的木兰花

风拨弄它,仿佛是去拨弄
一团团还未熄灭的炭火
因为阳光是从来就靠不住的

一九四〇年四月

注:此诗原名为《風と辛夷》。辛夷,一种落叶乔木类木兰科植物。高在十米以上,春天开白花。中文名有很多,如望春花、木兰、白玉兰等。

鹤

这清晨之蚊呀,一半如影画
寂寞而朦胧地站在松叶的高处
或麇集在黎明的青色中

佛堂冷冷清清

远方的风景中有一点踌躇的情绪

从陋巷庭院里,一直蔓延到高山病院的烟筒上

尊严而悲壮的烟筒用站立的姿势与

烟雾,穿开了夏日天空的阴云

远处电车传来摇荡的铃声

夜间青桐的黄花呀,也带着羞耻落下

香椿也生病了

我沿袭着这一悲哀的传统

偶尔呼吸着风的味道

那羽翼之音就像心灵之歌一样

一只鹤,朝着我的陋巷飞来

它发出干裂的祝寿般的声音落下

这便是我幽微、秘密且难以克制的想象

一九四〇年七月

避暑地之雨

像彩色铅笔画出的一样

那里有桦树般白色的小径

晚秋之雨带着情绪，扑向城镇的道路
乌云犹如一个神情恍惚的人袭来

仿佛是一把没有伞盖的伞
门前，只有一棵枯木在井边站立

芒草朦胧，厨房门口被惊醒的狗也睡眼蒙眬
在砖瓦屋之下，还有一棵比铜版画更精致的橡树

让人最惊讶的是雨中的
墙砖会流淌出一种异常华美的红

一九四〇年四月

街的背面

街的背面
有烟筒
有一把长椅
也有紧急阶梯

它慢慢地将生命吞噬

在窗户内侧

你能看到一切都在干枯

那是生锈的、钢铁的午后

哦,光太亮了

哦,黑暗太黑了

这就是真理的方法论:

你根本不能分开来说

黑暗中的事物因悲伤而麻痹

光与光的感觉也不同

要将黑暗与黑暗一段一段地切开

就像忧愁与憎恶的纸一样

这城市的背面只有虚空

在呛人的烟雾中,我渐渐地醒了。

一九四〇年四月

建筑存在

那扇忽开忽关的窗棂

就在敞向阳光的角落里

我紧贴着地板,房间太窄了

但我喜爱那风景的一角:有远方的电车

还有如不可见的人生一般之护城河

汽笛响起,铁桥轰鸣

那便是朝向万家灯火的音乐吧

我在

家中

我相信任何一点虚无都是永恒存在的建筑

一九四〇年五月

热带

那些蒲团散放在黑暗宽阔的房间一隅

犹如萎靡的睡美人幽雅的姿势

哦,这疲倦呀,反而让我脉搏跳动

夕阳在她们的肉体之上纷纷扬扬地洒落

在这样的日子里,我便会去将璀璨的热带空想

一九四〇年七月

冬之哀愁

冬日渐渐近了

一切都那么令人愉快

有炉火的气味、窗台的气味

初雪降落之夜毛巾的气味

以及冷艳刺骨的光泽下，这些柱子的气味

有一种东西在朝我召唤

我感到它的温柔

"啊"——我听到它暧昧的声音

那声音带着一些灰烬

一切都一动不动，干等着

这寂静安稳的夜呀

只有我和那白日梦般的物语

我混在夜幕的阴影里

用窗帘收集着夜色

街上冷冷清清

路灯就是失落在憧憬里的浮雕

稍纵即逝

宛如坠落在空中的花瓣

我对着这样的风景失语
那是夹在往事之书中的干花一般的故事
不能触碰的心中的恶作剧的细节
而且是
我一直完整地收藏着的

雪的气味、去年地毯的气味
还有炉火边一卷日本画册封面的气味呀……

一九四〇年十一月

遗物

丰满的夜被金属支起,几令家具的密度都干裂
就在这样的风景中,鹦鹉死了
那美的残骸,像是一种正在出发的逝世
那片坠落在饮水机边的
比苦恼更严酷的断翅
在水中绚丽地展开,将水渲染
宛如一个难以忍受之人的冷酷的姿势

这一片羽毛中仿佛有欢喜的东西

它沉淀在晨光的鸟笼里

朝着天上彩虹的残照而飞去

一九四〇年五月

徒然散漫歌

阳光照在斑驳的墙上

宛如一只满是皱褶的脏手

那也许是我恶习的镜子

目光疲倦时

室内的景色便令我脉搏跳动

令我血液中涌起温暖的胆汁

阳光会步履蹒跚地走上阶梯

它从窗户上猛然看见了

那被一片树叶紧紧搂在怀里的微风

温度计之色与温度之间

很陌生,其实不太像一个东西

机器并不懂得这种悲剧

彩绘玻璃像散步一般走进
笨重的光的时代
发烧的额头坠入光明

一个越过玻璃与白铁皮的
声音,总试图凌辱我
我的心已像块玻璃般活着

一九四〇年五月

采石场

A

沿着悲伤的斜坡忽上忽下
蓟草红花仰面翻倒
丑陋的苔藓
也被天空压扁了
那些石群
也在午后发呆
他们在石磊之间互相偷窥

B

纷纷雨水在草坪上没有一点淤积
那些石头貌如冷美人背上的皮肤

C

天空断裂得难受
那是一种绝望
石头耀眼
如野菠菜身上沾满了云母

D

殿堂是拿来给人看的
墓地,也是为了生命而
拿来给人看的

向着天空,便害怕太阳
最大限度地,去咀嚼那不洁的生命
这是让我厌恶的
也让我避之唯恐不及

我宁愿浑身颤抖地站立在

那采石场的石群前

一九四〇年七月

注：以上选自三岛由纪夫《十五岁诗集》。

夜之蝉

夜蝉不断地啼哭如独奏

那是夏夜，在沉重而成熟的时刻

于耳畔独奏，尖锐如笛

如不断地啼哭。随着"万象"与墓地旋转，我的梦平淡无奇

蝉从不擅唱，但却爱喊叫沙漠之歌

它暴露出急不可耐的、渴望成熟的独奏

这难道不是一种贫乏的歌吗

因为真正的强者来临时往往是欢乐的

就像耄耋老者为了回忆

我坐在香气四溢的草丛里久久地发呆……

夜蝉在不断地啼哭

尖锐、如笛，我的梦已平淡无奇

　　　　　　　　昭和十八年十二月

注：据说，《夜之蝉》这首诗和《明亮的橡树》一样，被誉为三岛由纪夫60首少年诗中最杰出的篇章。不过在那时人们完全没有反应，因那时日本诗坛漫天皆是"爱国诗"，很难接受一个少年的颓废意象。

夜之轮

那地狱之风已开始吹起来

黑暗的空果中

日头偏西

烂漫地沉落下去

（我身上充满了罪的光辉之

难以弥补的姿态）

人类皆他人

诸神皆他人

对花的误读便是一切
轰鸣着的沉沦

向着灾难,这成熟的事物呀
带着转瞬即逝的力量痛哭
带着叹息永远去杀戮!

昭和十九年八月

花野之露

谁曾见过那鲜花盛开之野的露珠?
被露水浸湿的花瓣渐渐沥沥
触之,一颗心便会觉醒
然后所有人的心都会同时觉醒

我的海神在清晨的雷声中轰鸣
海风从火烧云的幕帐下散发出香气
——曾有一位等待别人的人
他卖弄此觉醒,但又痛苦于此觉醒
仿佛神的喜悦般空洞——

觉醒，一如神之喜悦

觉醒，好像众生是平等的

既如此，我们的祷告也很高贵

究竟有谁曾见过，拂晓时那鲜花盛开之野的露珠？

被露水浸湿的花瓣淅淅沥沥

或许，在众生之梦的枝头

正绽开着一朵往昔之人的梦

《文艺文化》十月号
昭和十七年十月

大诏

"八隅知之我大王"*

当圣旨颁布之日

所有的鸟啼已停止

天下的泪都无法抑制

苍古之声消失

一道嘹亮的圣旨

在芦苇滩岸边的国土上

弥漫，人在大道行

是时候了，在南海上为国家宣言而垂首
烈日高照的太子之国，哭泣之剑永不落
是时候了，此音不灭，在我们受伤的大海上
海神正在愤怒地争夺与攻击敌船
王之藻在海面上断而不沉
此刻，我们虽胜亦深知：
幸事或许还会渐渐变成一场暴风雨
我们那一颗强大的心必须喜怒不形于色，唯有流泪

《文艺文化》四月号
昭和十七年四月

注：首句出自《万叶集》第一卷，杂歌。这是一首应和诗，三岛是因看了伊东静雄（1906—1953，日本浪漫派诗人）的《大诏》而作。三岛写以上这两首诗时已经16岁。所以这应该算是他最后的两首"少年诗"，之后就再没正式写过诗了。伊东静雄是对三岛有很大影响的诗人，但他的那首《大诏》很短，略译如下："昭和十六年十二月八日/这是怎样的一日呀/清澈之思已穷其究竟/遥拜宫城/吾等，所有人——谁能止得住泪啊"。此诗所写的昭和十六年十二月八日，即1941年12月8日。就在前一日，日军偷袭了珍珠港，自此太平洋战争爆发。

不过伊东静雄晚年后将这首诗连同其他的六首"爱国诗"都否定舍弃了,并作为一种"错误"从其诗歌全集中毫不惋惜地删掉了,而三岛的这首《大诏》则催生了他后来写下的小说《英灵之声》与《忧国》。

第三篇 枪与蚯蚓：凶手作家永山则夫少年诗（选译）

没有眼，没有脚
你是一条蚯蚓
在黑暗的人生中
为什么活着

哪是头，哪是口
你是一条蚯蚓
如果要说话
能发出声音吗

没有心，没有泪
你是一条蚯蚓
悲伤你就喊一声来看吧
痛苦你就死一次来看吧

生就是为了死

你是一条蚯蚓
一切痕迹都会消灭
什么也剩不下的可怜虫

是公的,还是母的
你是一条蚯蚓
如果被踩了一脚
也只能沉默的奴才
……

——永山则夫《蚯蚓》

以上这半首诗,是日本当代著名作家、诗人兼杀人嫌疑犯永山则夫在 1969 年 11 月 6 日记下的日记中的一段。

日本"少年杀人犯作家"永山则夫,如今也是名人了。他于 1968 年被捕入狱,当时年仅 19 岁。入狱的原因,即 1968 年 10 月至 11 月间,永山则夫因为纯粹的金钱目的,以及对社会的仇恨和愤怒,在横须贺潜入驻日美军基地某宿舍,盗窃了一把左轮手枪。然后,他先后在大街上射杀了四个人。其中包括一个看门人,一个夜巡警察,以及两名出租车司机。因此永山被判处死缓与死刑。永山早年只是个街头古惑仔,其状态很像垮掉的一代。他是 20 世纪 60 年代日本社会问题、黑社会问题、枪支问题、少年犯罪问题和右翼对美民族情绪等问题的综合体现。可以说，永山是患日本当代社会病的一个标本性人物，同时又是一个晚成的作家和诗人。入狱后，本来从不读书的永山才开始读书，自学认字。他逐渐有了一些灵感，开始以自己艰辛的童年、少年经历为题材撰文出书，结果引起轰动，成了一名多产的监狱作家。1997年8月1日，我第一次到日本不久，正好赶上他被处以绞刑。报纸上和电视上全是永山的遗嘱和介绍。他将版税捐赠给世界各地的贫困童工。永山服刑之后，东京的出版商以及儿童慈善事业人士还共同建立了"永山儿童基金"。

无论如何，少年连续杀人，这在当时是爆炸性的新闻。而且当时日本法律上还没有可给青少年判死刑的案例，因此永山的案件开始拖延，经过地方法院、高等法院、最后至最高法院……一直到1990年，41岁的永山才被判了死刑，7年后执行。永山案件虽然为日本的死刑判决规定了标准，但也毁灭了一个天才。后来，日本法学界将这种按照犯罪的性质、动机、有无计划性和造成的社会影响，最后再进行死刑判决的方式，称为"永山准则"。

因无论如何，行刑时的永山已成了一位著名作家，一个文学怪杰。

因此，不断地有各种作家、艺术家或名人发起签名，请求免除他的死，但都没有成功。名人也得服从法律。

文章与诗写得好是一码事，杀人则是另一码事。

后来还有人将他与著名的"神户少年杀人事件"做比较分析，也把他与日本电影导演北野武做比较。因为北野武和永山过去都曾在爵士茶餐厅打过工，是老搭档。永山入狱后，北野武和永山则夫还曾有联络，后来永山成名后也在杂志上进行过对谈。当1990年日本文艺家协会以"死刑犯"和"杀人凶手"为理由拒绝永山则夫入会时，不少人还因此而退出协会，表示抗议。当然这些是没有用的。永山是一个典型的事件型作家和诗人，他的出现、存在、成名和毁灭，过程都是颠倒的。因为一般作家或艺术家，往往是因创作得不到理解（或过度成功而陷入空虚），在孤独与苦闷中走向自杀，或走向犯罪。譬如三岛由纪夫、海明威或者特拉克尔。尤其是日本作家，如芥川龙之介、川端或太宰治等大多是在抑郁中自杀的。但永山则夫这个人在入狱前，还根本不懂文学为何物。他进监狱后，因恐怖和罪恶的气氛导致他陷入思考。这个恶魔少年于是奇迹般地开始了加速度的蜕变。他一边像条蚯蚓一样苟活着，一边开始自学所有的古代日语、汉字，且疯狂地读书，并开始写诗。

与此同时，有关他的死刑问题，也一直在各种人的争论中。

然后，"恶魔少年"永山则夫在监狱里关了22年，他没有浪费时间。在那些年里，他不断忏悔，批判社会，也开始不断地写笔记、杂文、日记、书简和小说。他的残篇断简和诗大多具有一定的社会批评或政治批评含义。而他最有名的著作有《木桥》《为什么,海》《弃儿》《异水》《日本》《是爱?是无?》《动摇记I》《死刑的泪》以及《无知的泪》等。他影响最大的作品,应该是未完成的长篇小说兼遗作《华》,这本书在1998年他死刑执行之后即出版。

1999年我回国时,带回了一本永山则夫的诗集和一本记录文献。

永山的诗,有其特殊性,也有其诡异性。大约10年前,我就想选几首短的先译过来。我想让朋友们看看,这个半生一直生活在枪、血案与蚯蚓式情绪之中的日本少年,究竟是不是天才。我想请大家通过文本自己去判断,无目的的青春期杀人情绪、死刑与文学,究竟对他意味着什么。

以下的诗,原文来自《无知的泪》,翻译时间是1999年,北京。

死的临近

最近
"死"这件事
被思考了。但是
并不可怕
习惯了

死：能目睹一种华丽

1969 年 9 月 15 日

指甲骨

指甲骨
你最初的指甲油
是什么颜色，我知道
但现在已模糊了。你从内部毁灭
剪掉的指甲屑
不过是垃圾中的粉末

1969 年

鼻涕发咸

我感觉到鼻涕发咸的味道
寒风吹不进监狱
而石墙冰冷，沁人心脾
我的脸不能反抗

我怀念姑娘们的皮肤

但这儿不许唱歌

我怀念通红的小火炉

但怀念也是奢望

1969 年

片面的预言者

如果风明亮

每个人就能记得爱

和幸福

还有欢乐

如果风昏暗

每个人的脸就会起皱

并把贪婪的目光

投入生活

我不是什么预言者

因为:一切风都是残忍的

片面的东西恶到极点

但请倾听风的方向

它那木乃伊般空洞的眼窝

会将这世界凝望

1969 年 11 月 11 日

带着菜刀……

哦,生命是欢乐的

注视世界是愉快的

一切都是美的

瞧,这个小人物多么难看

未知的地狱多么有趣

各位,我永逝在地狱里

在那里——我带着菜刀参加战争

阎王是我同样的杀人搭档

地狱是我的地址,这没什么了不起

从地狱逃亡时,我盗窃了冥河石

月亮上的石头都是昂贵的——那么冥河的石头又值多少

哦,我发现了!天上即人间
什么都是可能的,在这个绿色的世界
这所有微生物都在高叫着的世界

1970 年 3 月 10 日

悲哀的凶手之歌

昭和时代荒淫的社会
无法解释的屠杀
在东京的图腾下终于出现了
伦理的刽子手

闻所未闻的杀人者
将日本一次一次地杀掉
他在完全犯罪中哭泣
伦理的刽子手

资本主义万岁
是 1969 年疯狂日本的一句话
每个人都在震动中骚乱
伦理的刽子手

但他那凶手的心被捕了

老一套大规模的宣传，为了19岁的异常少年

凶手沉默而宣传依旧

伦理的刽子手

天性小而又小的男子

贫贱人家绝望的家伙

人间也曾有过一刹那的怜悯

伦理的刽子手

被嘲笑的凶手始终在

竭尽全力地反抗

但仍然是一场徒劳的伤害

伦理的刽子手

1970年

第四篇　旧火：里尔克《致奥耳弗斯十四行诗》异译本（55首）

里尔克《致奥耳弗斯十四行诗》早年异译本

前言

上卷

下卷

奥耳弗斯（Orpheus）神话及教徒简注

前言

1991年春天，我意外地得到了一套里尔克著名的《致奥耳弗斯十四行诗》复印件。当时这对我来说是一件兴奋的事。

复印件是德语和英文对照版的。我完全不懂德语。

但我正在写诗巅峰期。虽然我的英文也很差，但又对阅读此书急不可耐，便自己查着辞典，挥汗如雨，逐字逐句地翻译了《致奥耳弗斯十四行诗》。我译它不为别的，完全是译给自己看的。说起来我自己也不信：前后用了一个多月的时间，我竟然"译"完了这55首诗。其中遇到过很多问题，我当时找不到人请教。转年冬天，我才在重庆第一次遇到了德语翻译家林克，并请他帮我校对。当时，除了林克以及身边的一两个人之外，可以说很少有谁知道，其实"第一个把此诗集变成汉语的人"，是我这个19岁的少年。因为绿原的译本是1994年的，林克的译本也是1994年的。冯至翻译得最好，可谓字字珠玑，但可惜他只翻译了很少几首便去世了。我的译文抄在一个旧笔记本上，满满几十页。当时林克把我的笔记本拿去看了。过了几天，他告诉我，其中有一些错误、疏漏和大约来自英译本的问题，但基本"猜"得没错。林克的话让我心中的一块石头落地，心中窃喜。我的这本翻译笔记，至今仍保留在资料箱中。不过，因为我从未打算发表这译文，所以搁置在角落里，近20年了，从未再看过。

我甚至一度找不到那笔记本了,以为在搬家时弄丢了,且也不太在意。

去年夏天,我回前门老屋收拾东西。就在我从准备卖掉的一堆旧书中清理废纸时,身边细心的妻子竟偶然发现了这个笔记本。

我见之心里一动,真是久违了。我自己几乎都忘了这件事。

打开一看,那纸上已满是褶皱和尘土,但字迹仍清晰。

纸张虽发黄,边缘也已受潮,但往事历历在目。我又对照了过去几位翻译家的不同版本,修改了个别几处错误,但我发现我的译文在很多地方是比其他人流畅的。譬如,绿原先生的译文最大的问题是晦涩。大约因他自己的诗写得不好。虽是德语大家,但读者最后看的毕竟是汉语。我个人认为若译文粗糙和模糊,缺乏诗人本身的冲击力,便几乎将里尔克的光辉耽误了。翻译是再创作,是第三种写作。冯至之所以译得好,不仅因为德语好,还因为他自己就是一个精通古代汉语的好诗人。而我当时也完全是从一个诗人的角度来译的。故此诗虽已有好几个版本,但我相信我的译文仍是有些价值的,且是精练而更加敏锐的,是对里尔克诗意的一次神遇。

这些诗,在少年时代,也对我早期的写作产生了一定的影响。

十四行诗,或曰商籁体,最早起源于意大利文艺复兴时期伟大的抒情诗人彼得拉克,故又称为"彼得拉克体"。西方自古以来多有用之者。晚年里尔克运用了这种古老而格律严谨的体裁,以古希腊神话中歌手与音乐之神奥耳弗斯弹琴能感动木石的故事为象征,来表现工业时代欧洲的喧嚣与诗人内心的风暴,其锋利直逼现代主义甚至是后现代主义,这诗的价值在过去和未来都不言而喻。在某种意义上,对它未来的解剖可能还会超过《杜伊诺哀歌》。《致奥耳弗斯十四行诗》分上下两卷,其中一些有里尔克做的注释,但大多数没有。里尔克的诗因牵涉的典故、神学和阅历太多,一般人看起来会如坠云雾。哀歌与十四行诗都是如此。关于哀歌的论文很多,我读过一些。而关于十四行诗的却很少,除了1996年那本由好几个翻译者一起攒起来的《里尔克诗选》中,附录在张曙光译文之后,有一个比较全面的注释,但有译者名,无作者名。目前中国并无真正意义上的注释本(我是说那种从神学、艺术和诗歌的整体上去做的解析)。或许未来闲暇时,我还会写一些眉批式的小注解,以丰富该诗在汉语中的意义。

  这些年,据说里尔克过时了。在西方,在中国,无论是老的诗人还是新的诗人,都不再读里尔克了。我把这个旧货拿出来晒晒,不仅是为了怀旧,也是为了警醒某些人:一切都会过去。别太把自己那点渺小的成绩当回事。一切激烈的东西其实始终都在消逝、磨灭与淘汰中。它只对于个人是深的、烫的和痛的。而的确有一些东西,又不该过时,如唐诗和莎士比亚我们不是照样也读吗?再说,谁又不过时呢?我相信再过些年,现在最时髦的那些西方诗人,如阿米亥、策兰、曼杰斯塔姆、拉金、希尼、塔维什、布罗茨基、斯奈德、阿多尼斯……也一样会"过时"。现在的情况似乎是,"里尔克"一词似乎成了俗套。而其实在写诗的人里,真正认真一首一首地读完十四行诗和哀歌的人并不多,就是读了也没真读懂。细读、诠释并理解其深远含义的就更少了。从长远来看,里尔克就像杜诗或明诗。它们不是看门见山的后现代大街,而是一座座带有不规律设计之迷宫的园林,即需要漫步、拐弯、等待、呼吸,并对着一轮满月潜心凝视……甚至要在多年后的回忆中,你才能对此园略有所得。

本篇之名,取自冯至先生译里尔克之名句:"你们不要让过度迷惑,赞美'新'的人,不久便沉默。因为全宇宙比一根电缆,一座高楼,更是新颖无限。看哪,星辰都是一团旧火,但更新的火却在消没。"皆因少年时代之旧作重现,特以为记。

2010 年 3 月—7 月 北京

谨以此诗为墓碑，献给维拉·额卡玛·克若普

1922 年 2 月 慕佐古堡

上卷

1

这里曾有一棵树。哦,纯粹的超脱!
哦,奥耳弗斯的歌唱!哦,听得见的树!
全部的宁静。新的开始、征兆和变迁
都在这棵树上一一出现。

动物们从沉默与光亮中
向外打开巢穴,打开鸟窝
它们狡猾地,却毫无畏惧地
在一旁静静地走动

即将听见的怒吼、哭喊、咆哮
都弱于它们的心声。
哪里需要境界,茅屋就在哪里出现,

在一个有阴暗记忆的洞口隐居
洞口前的柱子,也像树一样颤抖
在那儿,你用声音为它们将神庙建筑。

2

她几乎是个少女,迅速地
随着竖琴与吟唱的和谐欢乐地显灵。
光,透过她阴阳相间的青春
我听见她在虚构自己的床,虚构睡眠

对我来说:一切都是她的睡眠
我热爱过的树林,和这种
能触摸的距离,我体验过的田野
和每一个降临的奇迹。

一切皆睡眠。哦,歌神
你怎样使她完美,她并不愿意
第一个苏醒?她站起来,又睡下去

她在哪儿消失?你曾丧失的歌
是否还能找到主题?她陷入的深渊是什么?
是我还是某个地方?……几乎是个少女……

3

唯有神能做到。一个人也应去仿效
如去触到他,通过竖琴与信仰
他的精神分裂为两种思想,
交叉之处,并没有阿波罗神庙

歌唱,同时分析,不是为热情
不是在完成时做最后努力
歌唱是生命。淡定得像神灵一样
我们可存在?何时他能让

陆地与恒星屈服于我们?青年们
他不是那些你所爱的;尽管
这声音从你的口中绽开,你应该感到

那些轻率的歌应被忘记。总会消失
他是用另一种迹象唱出的真理。
一种虚无的迹象。一个神在吹气。一阵风。

4

哦你们是脆弱的人,有时
会误入某个氛围,
让它划开你反叛的面孔,
使你颤抖,又重新合上。

哦你们是神圣的,你们也是
完整唯一的,像初生的心
像弯弓上的箭,射向靶心的标
通过微笑之光而达到无穷的

泪珠。不必害怕受苦
让你的苦都背负在地球上,增加它的重
重的是山岳,重的是海洋

那些你种过的植物,哦,那些树
很久以后还会重于你的负担。
而这宇宙……这狂暴的太空……

5

耸立的不必是墓碑,而是每年
在上面开放的对他的纪念。
因为他是奥耳弗斯。他已变为
一切。我们不必占有

其他忧虑的名字。一次或无数次
既然这是奥耳弗斯的歌。他出现又消逝。
是否他随便的几天
都比一盆玫瑰更长久?

他不得不消失。这样你将懂得:
甚至他自己也害怕死去。
为了当他的歌词胜过实体时

他无法挽留地独自处在远方。
竖琴的光栅也不能约束他的手。
他是屈服的,哪怕在他最叛逆的时候。

6

他是否属于这里?不,他丰腴的
天性来自阴阳两个世界。
谁懂得根的存在,谁就能
更熟练地掌握杨柳的生长与弯曲。

你绝不会离开桌上的牛奶和食物
走向睡眠;那麻醉般的诱惑。
而谁祈求鬼魂让他苏醒,
在他眼光的顺从之下

觉察到它们的精灵与一切事物;
也许延胡索与芸香来自道德与悔恨
为了真实存在的贞洁物。

没有什么能损坏它的象征;
它存在于房屋,它存在于阴间
就让它去歌颂手镯、水罐和戒指吧。

7

赞美,那就是他!一种注定了的歌颂,
他盛开于与矿石一样寂静的石头。
他的心,哦,像一台腐破的压榨器
为孤独者榨出无穷的葡萄酒。

灰尘不能阻塞和暗淡他的声音
摘取他神圣的要求
整个旋转的葡萄园,来自一串串的葡萄,
成熟则来自他那南方人的敏感

君主的墓地腐烂时
也不会责备他的赞美,更不会
说他是因为有神的庇护。

他是一个永恒的仆人,
深入遥远的死亡之门
他光荣的果实在黄金般的碗中。

8

唯有在赞美的土地上才有工作的
挽歌:守护泪泉的水泽仙女,
她注视着我们的坠落,
以及岩石下清澈的流逝,或者

站在隘口与祭坛上,和万物一体。
看,黎明在她平稳的肩背周围
镶出一圈感情:她完全出自这一圈镶边,
她来自青春与激情的姐妹们。

愉悦的经历,渴望式忏悔:
只有哀悼还在宁静地学习;她夜与夜之间
用高贵的手清点着那些古老的恶魔。

忽然间,她陌生而歪曲地
握住了一颗由我们的声音构成的星座
可她又因无法呼吸而对天忧虑。

9

只有谁在阴间里
敢于奏起竖琴,
他才能用预感
奉献无穷的赞美。

只有谁陪伴过死者
并品尝过他们的罂粟,
那最软弱的声音
才不会被忘记。

池塘中的倒影,
模糊不清的我们:
逐渐成为肖像。

在阴阳交错的境遇
有些声音才会
永恒而高尚。

10

古代棺墓，你绝不会被
我的感情遗忘。我向你致敬，
某条欢快的泉水来自罗马
流向你，像一首蜿蜒而永远的歌。

你敞开，美好的
一双牧羊人般醒悟的眼睛：
——而墓地却充满沉默与死荨麻之花——
到处都是蝴蝶们迷醉的飞舞*；

谁能拿出全部的怀疑，
我致敬，重新开启的嘴唇，
已经领悟到了沉默的法律。

我们懂得，朋友，我们是否懂得？
这个人的两种面容与神态
是来自对时间与生死的徘徊。

注：第二节是写法国阿尔勒著名的阿里抗古墓，我亲眼看见有蝴蝶飞出，并在《布里格随笔》中提及此事。

11

注视上空。这星座是否可呼唤为"骑手"?
骄傲地向着地球所承载的我们,
异乡的塑造者。一瞬间,
奔驰着,揣着马刺,指向目的。

这儿是否存在鞭笞与束缚
我们的身体,还有肌肉与骨骼?
直路或弯路。对已经到达的阐释。
还是新出现的远景。二者或许是一。

可是它们究竟怎样保持两者的
一致性?正如从当中
被完全分裂开的圆桌或木盆。

甚至星球的结合也令人失望。
而我们宁愿去相信瞬间,
相信符号。象征反而是充盈的。

12

向能统一我们的精神欢呼；
我们都生活在象征里。总是
沿着时钟一点一滴的进程
走入纯净的日子。

我们没有正确的地方可在，
即使我们的行为都是真实的交往。
姐妹座的触觉触到虚无
和宇宙的空洞……

完美的压力，哦，音乐之力！
是否能宽容，并绕开
阻碍我们的日常事物？

不管农民如何劳作与播种，
他也绝挖不到深土的根
而种子则转而成为夏天，赠回大地。

13

丰腴的苹果、茶荐子和梨,
香蕉……它们所有的交谈
都在口中,死与生……我会从
它们孩子的脸上读到,

或品尝。它来自远方。逐渐地
将要存在于你们口中的无名事物?
那一度存在过词语的地方
惊异而自由的果肉得到释放

敢于读出姓名的苹果,这块
蜜饯,最高度浓缩,就这样
慢慢地从品尝中创造,

成为醒悟、透明、光亮,
含糊、和煦、朴素,这就是——
哦,经验、感情及辽阔的——欢乐!

14

我们与花朵、葡萄叶与水果相处。
它们不单说四季的语言。
黑暗闪现出斑驳
也许正嫉妒那片脚下的

虚构之光:死者再次赋予大地的
力量,我们怎样了解它们的构造?
经过长久而彻底润色的
肉体,它们的骨头与真诚的骨髓。

现在升起一个问题:是否这就是
欢乐的终结?这悲哀的奴隶的工作,
是否世界之果正压迫我们,它们的君主?

它们是胜利者,在多根的墓中
安眠。而又是谁,借着它们丰厚的陪葬
长出繁杂无力的植物与无声的亲吻?

15

等待……充分感受……它迅速飞逝
如一段音乐、一种漂泊、一次吟哦:
女性,温暖的你,沉默的你
体验着果实的舞蹈!

果实之舞,谁能忽略它,
它怎样封闭自己,尽量不
发出香甜!现在你拥有它:
使它改变,使它成为你。

果实之舞,这片温暖的土地
来自你的设计。连大自然的空气中
也有果实的反光!哦,热情地投入

芬芳中的芬芳里,创造血缘关系
与完美的,坚硬的果皮,
以及溢满美好事物的汁液。

16

你，我的朋友，是这样孤独，
因为……标点、语句和手
我们渐渐创造出自己的世界，
也许其中有软弱，但大部分却充满危险。

谁给他指出过一种气息？——
你感到过多少让我们
恐惧的力……你懂得这死去的
和被男巫咒语所惊吓住的。

看，我们都必须永远承受
包袱与职责，希望最后的完美。
它虽努力帮助了你，却不能将我

种在你心里——因为我急于生长。
我愿跟随我主的手，说：
这里。这是以扫披着的毛皮*。

注：这首诗是写一只狗的。以"我主的手"建立了与奥耳弗斯的关系，他在诗中是诗人之主的化身。诗人

想用这只手,为狗祝福——因为对狗的悲悯。几乎像以扫一样(参阅《创世纪》第27章关于雅各的记述),狗毛也是为了在自己心中分得一份不该得到的遗产:即包涵幸福与痛苦的人生。

17

首先,混乱的,远古的
某种原始存在的本质,
那根源,是隐藏而神秘的
是完全虚无。

头盔和猎人的号角,
白发白须者的诗
人们之间的愤怒产生于
兄弟,和琵琶一样的妇女……

枝条干涉着枝条,树上
没有一根枝条是自由的……
唯有一根,哦,越升,越高……

但是,它们仍将寂静开创

并将巅峰弯曲得
像一张七弦竖琴。

18

主,你可听见新的
抖动的嗡嗡声?
预示着某种赞美的
来临,祈祷之声。

真正的听不见的寂静
在强烈的喧嚣中,
而机械却会
歌颂劳累。

我们眼看着在它的
暴怒中吹向毁灭,
逐渐衰退,变丑。

我们曾给予它力量,
迫使它运转冷酷,
它却成为我们苦役的工具。

19

纵然这世界迅速
转变如同云雾,
所有完成的事物
却将归于太古。

超越转变与前进,
广阔与自由,
你的歌在飘
跟随着弹竖琴的主。

我们没认识苦难,
也没弄懂爱,
在远方的事物也没能

将真实面目揭开。
只有这大地上的歌
在赞美,在歌颂。

20

我将献身于什么?主,譬如
谁赋予你从创造物到倾听?——
我记忆中的一个春天,
在夜晚,在俄罗斯——一匹白色的马……

它沿着村庄越过
前方。腿上拴着一根木桩,
属于它的只有夜间的草地;
从它脖子上向外抛洒

火焰般的鬃发和疾驰的情绪,
它的奔跑被粗暴地阻拦。
但雄马的血液却像喷泉一样跳跃!

它感到了宇宙,哦,多么伟大!
它嘶喊,它倾听——它存在
如一部北欧神话。
我将献身于它的形象。

21

春天重又到来。这大地
是孩子写下的诗歌;
哦,那么多……大地似乎感到值得
工作,为了换取她胜利的作品。

她是严肃的师长,我们爱这
老人的白发与胡须。
当我们寻找绿色与蓝色时,该怎样
正确地脱离她规定的词。

幸运的大地,你的节日
所有的孩子将开始游戏!
我们试着捕捉你,就是最快活的事。

教师培育,直到她懂得大地,
大地会出版那全部的根和长期
难以掌握的茎:她唱出的,歌曲*。

注:对我来说,这首短小的春日之歌,似乎相当于一支让人惊讶的舞曲的"注解"。那是在农达的小修道院

（西班牙南部）我听见唱诗班的孩子们在晨祷时唱的歌。孩子们始终用的是舞曲的节拍，在三角铁与铃鼓等伴奏下，唱出了一段我从未听过的歌。

22

我们是车夫。
但掌握时间进程的
不是平凡小事
而是最后的永恒。

一闪即逝的
和将要完结的；
遗留的仅仅是
虔诚与贞洁。

少年们，在迅速消失之中
在勇气与力之中，
或在失败的考验之中。

现在一切都静止不动：
阴暗与光，

花朵与书。

23

哦,最后开始飞翔时
它的目的是
不久将出现的
寂静天空,和它光明的

轮廓。这时傲慢会成为
一种成功的手段器具
成为自负的宠物,
它必会转动并渺小——

这架成长的机器
因年轻的狂妄而无法
到达完美的终点。他必将

推翻已得的胜利,
沿着某种路途翱翔
他将成为他自己孤独的远方

24

如果我们否定最成熟的友谊,部分原因
是来自不招摇的神灵,因为坚如钢铁的
我们,又那样严酷地背叛,
是出于互不了解,还是在一张图片上意外地追寻?

朋友的压力,掌握我们的死。
友谊无处不将我们触碰,在远方
在我们的盛宴与浴室;友谊的使者
将长久而缓慢地接近我们,又迅速地

超越我们。现在我们更加孤独,
由于相互无知,由于一种十足的依赖,
我们不该修筑小路与美好的散步

于斜坡附近。只有沸腾燃烧
才能形成火,只有举起来的铁锤才能永远沉重。
而我们无力活着,如水中漫游的人。

25[*]

我将再次回忆你,某个我了解的人
像一朵花,或一个从未见过的姓名;
我一旦向它们指出你,我们就会争夺你,
你这来自无敌的呼喊而秀丽的伙伴

开始你在舞蹈中,然后她踌躇的身体
突然站立,如同青铜般的青春;
悲叹、倾听。最后连音乐
也沉入她的血液里。

几乎成了疾病。站在阴暗处的神,
逐渐变黑的血,猜疑,不能再等待了,
巨浪,正朝着大自然跃起。

一次又一次,落在黑暗与灾难里,
它闪耀着尘世之光。直到它用下一个可怕的
敲击,冲开荒凉的大门。

注:致维拉

26

你,神圣的人,对最后的寂静吟唱,
蔑视攻击你的米拉德的人群,
美丽的主,尖叫声与鸣响
都来破坏你建立出的齐物的歌唱。

这儿没有人能伤害你的头脑与竖琴,
无论她们怒吼或挣扎;所有尖锐的石头
在投向你时都将变软,像你的心,
你使人感动,又赋予人听觉。

最后,在复仇的驱使下,他们撕破并拉裂
你的身体,而你的音乐却在悬崖与勇士们之间
荡漾,在飞禽与树上。你歌唱寂静。

哦,你丧失了主!你永不完结的思想!
唯有憎恨能在最后将你与我们区分,
一张叙述本质的嘴,和一群旁听的人。

下卷

1

呼吸：你无形的诗文！完美的
循环于我们与空气之间的
实体。使一切都平衡在
我有节奏的存在里。

从海洋中翻滚出唯一的浪
以缓慢的速度
卷向我；极为稳静，你，来自所有
季节的胜利，也可能来自宇宙。

而已经有一部分太空在我的身体里！
那是一种气息，
像一个扑向我的儿子。

你懂得我吗，空气，你可充满了
我关于存在的地方？你，一度光滑的果皮，
圆形的叶片，都来自我的词语。

2

正如手边的一张白纸
可以随时捕捉一个真正巧妙的动作,
同样:她们经常在镜中映画自己,
姑娘们赞美的微笑,醒悟,

以及确实出现的清晨,单独地——
并伴随着光线的闪亮。
从真实而光泽的脸庞上
落下的气息,一种唯一的,最后的倒影。

怎样的眼睛能一度看见这虚无之炭
渐渐冷却在壁炉边?
生命隐隐约约,又永远消失。

呵,谁懂得这大地的消耗?
只有一个人,仍然在赞美
在用整个心歌唱。

3

镜子：不知道寂静可泄露出
你的一切本性。
你，完全的充实，如同一种漏洞，
你，时间的空隙。

你，空寂殿堂的挥霍者——
树林般宽阔，当曙光落幕时……
这枝形吊灯，像 16 根指针，
刺穿无人能进入的你。

你经常充满色彩。
好像有一两条笔直的路能接近你——
而你，另一个你又胆怯地送走经历。

但是有一种秀丽之景将会保持，
因为她这张停留于寂静的面颊，
离她最远，如无边而明亮的那耳喀索斯*。

注：希腊神话中的美少年，因迷恋自己水中倒影而死，化为水仙。

4

哦,这是绝不存在的动物。
他们也并不懂得它。它的一切,
他们爱过它的脖子和姿势,他的步态,
它纯洁而伟大的眼睛与平静的凝视。

但真正的它并不存在。是他们用爱创造了它,
这完美的生物。它与他们始终隔着一段
距离,在干净而陌生的地方
它仅仅需要存在,需要轻轻地把它的头

抬起。他们不会给它多少饲料,
它也许只能剩下一种力量,
不知是谁,赋予了这野兽如此的力量,

它厌恶自己的角。仅仅一只角。
它愿向一个贞女显露出全部的洁白,
并映照于她的银镜中*。

注:独角兽在中世纪象征贞洁和童女。一旦它出现在少女的银镜中,并"在她身上"的话,它对于世俗就

是一个非存在。

5

银莲花，花瓣
在黎明草场上渐渐打开，
会发声的天空将光线
巨大的多音字母倾泻而下，

花瓣是感受无穷的器官
像绷紧的寂静的星球，
这样丰足，随时能战胜
那晚年所期望的和平，

赤裸、坚固、从花瓣边缘给你
充实一个遥远的春天：哦，这是
来自几种世界的精力和决心！

我们激烈地走过，我们容忍了很久，
什么时候，我们才能最后证实
我们是全部生活的接受者？

6

玫瑰*,你在皇位上,在古代的
一枝花梗与朴素的圆环中,
而且你是完美的花朵,
一种无穷无尽的事物。

你华贵而闪亮,你不存在
身体与容貌,却仍旧发光;
在所有的装饰中,你的一片花瓣
即是否定,又是隐身之所。

你的芬芳就是呼喊出它香甜的名字,
越过几个世纪被我们倾听;
它意外地位于普通得像空气一样的名誉里。

但我们并不知道它的姓名,我们只能猜……
我们忘记了它的一切,
这在整整一段时间里使我们贫穷。

注:古代的玫瑰是一种朴素的"Eglantine"(野玫瑰),
有红有黄,如火焰。在瑞士的瓦利斯也只有个别花园里才有。

7

花朵，最终也与秩序化之手相关，
（姑娘们的手来自过去和今天），
某个时常穿过花园平台的人，
温顺而枯萎的受伤者，

等待着水在毁灭与新生之间
滴下。此刻开始重新长出
使你们敏感的手指
能够让两极分化，

光，你甚至猜想过比这更美好些，
当你走向花瓶时，这温暖的姑娘
渐渐显灵，冷却，像公认的

罪恶，使人厌倦而又沮丧，
你摘下一枝交给身边的人，再重新用连接
创造，在盛开的花朵中你与你的同盟。

8

很久以前，你与童年的伙伴们
在散乱的城市公园里：
我们感到了每个人的成长，徘徊与癖好，
像软弱的羊羔*，打开交谈的书卷，

尽管交谈，却很寂静。我们全部的游戏
却不能归于谁。谁能领悟呢？
在常年的渴望中，人们
无论集中在哪里，也都会离散！

马车，陌生人，从我们身边经过。坚固而阴暗的
房屋站在附近，虚假——永远
没人知道我们。什么是真实的一切？

没有。除了这星球，及它那灿烂的弧光。
可能还有孩子们……但不时也会有一个人
呵，在弥留之际，行走于这坠落的大地。

——（纪念埃公·冯·里尔克）

注：圣画上的羊羔只会用纸飘带说话。

9

不能自负,你判决,因为束缚的镣铐
不在脖子上,刑具台与翼形螺丝钉也能将你饶恕,
但心却无法被释放。从未有人怜悯过
意志的约束,它渐渐将你扭曲。

某种倒退就来自时间的绞架,
它像一个孩子最后一个生日的玩具,
竿入崇高,心的大门,这完美的
打开的心,他怎样进入——他,真实的

仁慈的主。热烈地走来的
紧握光环的他,神族的一员。
驶入宇宙的自负而伟大的航船。

许多感受温柔而神秘
用沉默压倒我们,
就像无穷的观念竟来自一个寂静的顽童。

10

我们全部的成功已预示了机器的来临,
它会长久,服从会代替一切,灵魂会面对命令。
坚定的建筑会代替坚硬的石头,
唯恐巨匠能手在美景之光中荡游。

机器无所不在,我们一度逃避,
某处有油布和属于它自己的秘密工厂。
它是生命——要相信它无所不知,
譬如它坚决的秩序,它的制造和毁坏。

但我们真实而醉人的宁静:虽然来自各处
而那才是宁静的根源。一种完美之力的作用,
那不是谁都能感到的,除非他跪下并赞慕。

那是难以形容的,词语都脆弱地滑走……
那是石头的最强音,追求的顶峰
神的房屋都在毫无疑义的宇宙里建筑。

11

死亡的宁静与秩序能战胜规则,
压迫,征服个人,从此你开始狩猎;
我理解你,你使用的是喀斯特的船帆
它比陷阱和渔网更好,让岩浆流出岩洞,

让它们滑向你,像是要和你一起
歌颂和平,而此刻,它却扭卷了你的刀锋——
人们把一些盘旋的白色鸽子投进岩洞
在这昼与夜之间……在正义的黄昏。

对一切死亡的同情,来自远方的旁观者,
不仅仅来自猎人。谁警醒并注视,
及时地行动,谁就能掌握结果。

杀死只是一种表象,我们要忍受恍惚的不幸……
对那些没有热情的灵魂
我们反而是纯洁的。

注:这首诗说的是在喀斯特地区,人们按照古老的狩猎传统,使用挂在洞穴里的帆布,用特殊的方式抖动,

把岩洞里的仓皇受惊的野鸽子赶出来捕杀的情景。

12

未来会变,哦,燃烧的火焰赋予灵感
好的事物也会退化;
创造性精神,也不过是主在尘世上的法则,
热爱虚无,如高飞的象征化为一个旋转的点。

它早已把自己永远封闭在麻木里。又为何炫耀
它相信自己古朴而安全的庇护所?
等待,一种遥远而冷酷的预兆。坚硬异常,
哎,如一只漫不经心的举起来的铁锤!

它将自己拿出来浇灌,好像在发觉,在领悟一个春天,
这行为使它狂喜,使他超越了一切,
不断地涌流、创造、完善、结束。

宇宙的一切欢乐,都是由儿孙们留下的,
迷路会使他们震惊。当达芙妮变为月桂树之后
她的树叶就有知觉,就会感到空气变幻无穷。

13

在前进中你始终保持着距离,仿佛是落后,
好像刚才度过的这个冬天。
冬天无穷的岁月,你发现
要完全度过,心灵将绝不能适应。

永恒之死就是欧律狄克的歌唱
和巨大的赞美,一度升华进入完美的叙述。
在飞逝中,境界也倾斜,
玻璃摔得粉碎,然而声音却是响亮的。

在这同一时刻,地位很虚无,
无穷的地基来自你热情的颤动,
只有你能圆满地完善这一时刻。

充塞自然界的,是丰富的旧货,
无声而陈腐的事物,真不计其数,
你喜悦地把自己也算进去时,便注销了它们的总合。

14

思考花朵,忠实地走向大地之路,
走向死亡赋予我们的某条命运的边缘——
然而谁会懂得?如果悲痛已使它们腐朽,
我们就必需代替它们悲痛。

一切都将漂浮,但到处依然沉重,
我们躺在一切之上,是我们的欢乐带来了重负;
我们也得承受那些消耗导师们的事物,
然欢乐永远在他们孩子的国度里驻足。

如果这个事物掌握了它们,进入它们睡眠的
深渊,呵,它们的成长将会被怎样照亮!
新日子的改变,都来自这共同的深渊。

或许他还会逗留;它们将他与花朵
欢呼,这信仰者,到那时它们将向他
吹响牧场的号角,那兄弟姐妹们全部的宁静。

15

哦,泉口,你是赠予者,哦,你圆形的嘴唇,
无穷地谈论着一股完美的事物,
你的面罩来自大理石,流动的脸来自水,
你的背景是前进的沟渠。

你来自远方,流过墓地,
流过斜坡和阿玻涅斯,
它们运送着你,让你去述说,
你的下颚阴郁而成熟,正如瀑布

向下进入盆地。
那是一只躺下来的耳朵,静止不动,
你那永恒的谈论就进入这大理石的耳朵。

一只大地的耳朵。她沿着它谈论自己,
有时也在一只水罐和穿拖鞋的人下流动,
她觉得是你打扰了她。

16

总是被我们撕开的地方,
神又将它治愈。
我们是欺骗者,因为我们将
懂得,他是被撕裂的,却又是安详的,

甚至是完美的。他接受公开的
赠品,在他久远的世界,
他反对自由的结束,
没有运动。

我们听见一股泉水的流动,
无人啜饮,只有死者,
死亡,是神向他们无声的召唤。

唯有它的骚动才能代替我们的牺牲。
弱者的天性只会向他的钟声
乞求一种更高的宁静。

17

在哪里,在怎样永远幸福的水中花园,在怎样的树上,
怎样剥下花衣的成熟而陌生的果实
给你以安慰?这些娇嫩的果实来自谁,
因为你的贫瘠,也能在脚下

踏出一片原野。时过境迁,
你因果实的巨大而惊异,
它的敏感的果皮,它的洁净,
它的无忧无虑,你不能下手,因为你甚至

羡慕一只鸟或一只蛀虫。天使们群集在这些树旁,
还有神秘而迟缓地走向异乡的园丁,
他们走向我们吗?要超过我们生命的主人吗?

我们绝不存在智慧,使我们行动的
只是我们幻觉的化身,而且早熟,不久便凋谢,
沉着的旺盛时代会扰乱宁静的人吗?

18

舞蹈家：哦，你旋转
稍纵即逝的动作，纯粹的创造！
完美地转动着，一棵运动着的树，
它的胜利会不会全部掌握在长久的勤劳里？

它的顶峰，会不会被你繁荣的挥舞
围绕，盛开出寂静？忧郁的顶峰
是否存在它的夏日和阳光，这热情
这无边无际的温暖是否来自你？

而它还在忍受，忍受，你那全神贯注的树。
这是不是它和平的果实：这画有鲜艳条纹的
水罐，以及更华丽的瓶饰？

瓶饰中：有没有忍受的图案，
你眉毛般的黑线条，有没有
按照它们你自己的纹理轨迹迅速地旋转起舞？

19

财富生存在某个溺爱它的储藏库,
生存在无数熟知的费用里。然而
盲人、乞丐,却为了一分钱而失去环境,
如一只衣柜后面满是灰尘的角落。

财富能感到家或商店的寂静,
仿佛有理由穿着光艳,肉色的皮衣。
而沉默的乞丐只能等待,
在全部财富的睡眠与移动中停止呼吸。

哦,它怎能合拢那些永远张开的夜晚的手?
明天反复带给它毁灭,它抓住突出的每一天:
可怜的,无数可磨灭的光明。

如果这些惊人的洞察最终能让人理解,
并赞美它的持续,像一个歌手那样赞美!
那唯一的神就会将它倾听。

20

星团，多么遥远，而更远的
是怎样认识一个实体。
一个人，譬如一个孩子……一个邻居……诸如此类——
哦，那是不可思议的远。

或许命运能测量和估计
我们生命里的凶兆；
但想想，谁能用祝愿估计
姑娘与男子的私奔逃离。

一切都是遥远——无处不被遥远包围。
放在圆桌上的欢乐，在一只盘中的一条鱼
面前，要懂得它。

鱼是缄默的……一种习惯性思考，谁能理解？
而这是不是它最后的地方，是否
事物互相之间都存在语言，却不能交谈？

21

歌唱吧,我的心,唱那大雨浇注水晶般的无名花园,
达不到的花园,像在玻璃器皿中的花园。
歌唱它们的狂热,赞美它们的无比,
那来自设拉子或伊斯法罕的雨水与玫瑰。

我的心,你的坦诚绝不可能没达到它们。
你使它们的无花果成熟,它们本身就向着你,
你是朋友,像微风吹过了
开花的树枝,你更像是幻觉。

避免贫乏思想的错误,原因
是一种掌握的决心,那就是:未来!
纤细的思路,你编织心情。

你感到心灵的最深处,不是某种物质图案
(生命的痛楚就在于走过它的一瞬间)
记忆,整个就是一块庄严的地毯。

22

哦,壮丽的泛滥,命运的怨恨,
都来自我们的生存。在公园里,愤怒,发泄——
像一块石头,建在露台下的
堪与高耸的大门媲美的拱顶石!

哦,每一天,铜钟都撞击它
这陈腐的日子就是铜钟的棍棒。
一个人,圆柱,比圆柱更经久
在卡拉克几乎永存的教堂里。

今天是往事多余的残渣,迅速拯救
也似乎无用,黄色地平线的白昼之光
射入不合理的夜晚,使人眼花缭乱。

但是,废墟不留痕迹,只是神志昏迷,渐隐,消失。
一个人飞翔的曲线将穿过空气,
没有一座建筑是徒劳的,但都是为了凭吊。

23[*]

你的时间呼唤我,
你总是反抗空间;
诚恳的人,有一张雄犬似的脸,
像总是旋转的事物

你自信会再次将它最后抓住。
你做得最多,却那样孤独。
我们却自由,到哪里
我们都受到欢迎,我们存在于它的转送中。

忧虑的我们渴望一种占有,
我们还年轻,以衰老为青春,
衰老就不会发生。

我们是正确的,而且我们无论如何要赞美,
因为,呵,我们如坚铁般的树干,
会散发出成熟而危险的芳香。

注:致读者

24

哦,愉悦,总是新颖的,来自松弛的泥土!
像早年的无人帮助的冒险活动。
但是,憎恨,如幸福海湾旁的一朵城市的玫瑰;
恶意则来自充满油污与水的土罐。

神灵们,我们大胆地设计它们,
它们又将阴郁的命运破坏。
而它们是不死者,看这里,
一旦我们听见主经过,谁又将听见我们的结束。

我们,一个穿越世纪的民族:父亲与母亲
永远充实未来的诞生,这个民族,
我们优秀的日子,将毁灭我们,迟早的。

我们,我们永远会冒险,我们时间很多!
唯一的死亡,精练而简洁,我们懂得什么是值得的,
它是我们的债主,它还不断地将我们借出。

25

曾经，倾听，你听见工作的痛苦：
还有男人的充满节奏
而无声的紧张，为了明天
强壮的春日大地。即将到来的事物

仿佛不再枯燥，不是那同样的
末日，而是新事物
始终期待着新事物，但当它来到，
你绝不会获得它，是它获得你。

甚至连冬天橡树的叶子
也有夜晚来展现未来的褐色。
微风有时是一种象征。

黑色灌木丛，大堆粪土
也在田野上代替黑色的财富。
它们随时消失，时刻生长，更加年轻。

本首为上卷第 21 首儿歌迎春曲之副本。——作者注

26

我们是一只鸟叫声的煽动者……
一些一度引发出的叫喊声。
外界,孩子们游戏着,
叫声超过了实际的哭喊。

叫声是危险的。对宇宙
对空间(鸟儿的叫声经过哪里
哪里就受伤,像男人们在空想),
它们的尖叫能驱车劈开他们。

哎呀,我们在哪里?不断地增加自由,
像放松的纸鸢,在笑声的边缘,
我们走过空气的一生,呼吸潦倒。

——歌颂主!这是秩序的哭喊,
这样他们才可能醒悟,咆哮,
像一条河流在倾听主的竖琴与头颅。

27

它是否会毁了一切生活,时间?
何时它将打破城堡,让碎片
撒满平静的山谷?被创始者驯服的
这颗心,是否永远属于造物主?

我们是否真的这样害怕破碎的
命运,它是否将考验我们?
在童年,诺言的深远与充实,
是否就是本质——终点——宁静?

呵,这过路的鬼魂,
如同一个烟雾的幽灵,途经
并穿过正直的接受者。

我们像什么,像车夫,
我们计算着永久的体力
在去向神圣的行驶中耗尽。

28

哦,徘徊。你*几乎是个孩子,
完整而紧迫的舞姿,一个完美的星座秩序地
照射我们,它存在着,
我们脆弱而迟钝的本性。

是的,自然界的第一个发起者
会完全准确地倾听奥耳弗斯的歌声。
时光使你兴奋,你听过并感受过
它的陌生,尽管它也将在你耳边

同树一样经历长久。
你的寂静领悟了竖琴凸起的呼唤,
共鸣——这听不见的心。因此,

你考验可爱的脚步声和希望,
你的朋友眨动的眼睛和足迹,
你曾听到全部的痊愈的节日。

注:指维拉

29*

远方宁静的朋友,感受仍然
让你的呼吸增加空间。
从劳动的黑暗钟楼里
你是自身鸣响。虔诚是你

增进坚强的食物。探索和胜利
知识反复地变革。
什么是你最错误的经验?
是饮酒,你必须倒掉新酿的葡萄酒。

这魔力来自广阔午夜的十字路口,
来自你的感官,这道理
来自他们奇异的交叉点。经验

当大地忘记你的真实姓名时,
你得对平静的大地说:我涌流。
对飞逝的流水说:我永驻。

注:致维拉的一个朋友。

杨典 译
1991 年冬 广州

奥耳弗斯（Orpheus）神话及教徒简注

奥耳弗斯，又译俄耳甫斯，是古希腊神话中色雷斯的歌手、诗人、英雄。据说他是河神阿格罗斯和卡利俄珀之子。因他首创了音乐和诗歌，故又被称为阿波罗之子。他的音乐有着不可抗拒的力，能"使树枝弯腰、顽石起舞、猛兽驯服"，颇似中国上古舜的乐师夔（如《尚书》所记载：夔也能"击石拊石，百兽率舞"）。奥耳弗斯曾参加阿尔戈船英雄们的远征，在大海上，他用神奇的歌声和竖琴演奏吸引同伴们的注意，使英雄们安全地从海妖塞壬旁的礁石边驶过。因谁若是被塞壬迷惑，就会掉入海中淹死。

奥耳弗斯的妻子叫欧里狄克。当他们结婚时，欧里狄克和仙女们在草地上散步的时候，不幸被毒蛇咬住脚踝，结果坠入地狱。奥耳弗斯伤心欲绝，决定去把她找回来。为此，他曾穿过泰那隆——地狱的后门，来到冥府。他靠自己的歌与音乐，驯服了守在冥府门前的三条恶狗克尔柏罗斯，并感动了冥后佩尔塞福涅。即使在阴间，奥耳弗斯如醉如痴的琴声也无限动人，不仅让一切魂灵感伤，就是复仇女神也为之落泪。如维吉尔说的："阴间每一个厅堂都为之着迷。"这歌声也悄然进入冥王的心，他对自己说：让欧里狄克回到阳间吧。诸神最后终于答应了奥耳弗斯的请求，条件是，他出地狱时，一直到他的居所，都不能转回头来看。他的妻子将跟着他走出地狱。但不可思议的是，奥耳弗斯在最后关头竟然忘记了这一警告。当他走在前面，忍不住转头向妻子张望时，妻子立刻消失在黑暗中。就这样，他第二次失去了她。还有人认为，奥耳弗斯去阴间，乃是被爱鼓舞，充满勇气的行动。神话中关于奥耳弗斯之死有几种说法，其一是说奥耳弗斯最后是被迈那德斯（Maenads，酒神狄俄尼索斯的伴侣或女信徒）撕成碎片的。因奥耳弗斯唯一不歌唱的神即酒神。其二说他是因为妻子的第二次死而过度悲伤，最终自杀的。其三说他是被雷击倒，走到了生命尽头，是天谴。因为他对那些不信神的人泄露过神的秘密，甚至还有人认为，奥耳弗斯是古代第一个赞美男色的人，但这侮辱了妇女的尊严，最后他被一群女人所杀，甚至他的肝脏和头颅还被愤怒的狂女们扔进了大海里。

在古希腊神话崇拜里，有不少奥耳弗斯教徒。他们全部的教义同狄俄尼索斯崇拜、古代东方、古埃及、古印度与古波斯的宗教观念有密切的联系。奥耳弗斯教，作为一门宗教，从公元前8世纪开始，到公元前6世纪在阿提刻，然后在整个古希腊广泛传播。在意大利南部也一希腊殖民地的信奉者为最多，如毕达哥拉斯学派。因奥耳弗斯教义和希腊奥林匹斯山多神教教义是敌对的。奥耳弗斯教的主要教义是关于人的两种本质：高级的是神的本质，低级的是提坦（野性）的本质。还有关于死后有报应的说法，类似佛教。奥耳弗斯教团，只有进行过净洗礼的人才能参加。相传这种洗礼是奥耳弗斯自己制定的。参加过洗礼的人，认为自己品行没有瑕疵者，便能获得永福的报偿。而死后的审判也会为死者定下来世的生活，有些死者还会像佛教六道轮回那样变成禽兽、鬼与畜生。因为，按照奥耳弗斯教徒的观念，在一切动物的身上，都会存在一种能考验人的灵魂。所以，奥耳弗斯教徒也禁止杀生和吃肉。而那些不接受洗礼的品行不端者，还会被扔进地狱里受苦。奥耳弗斯教团还有许多繁缛的仪式、咒语和魔法，具有一切秘密宗教的敛财行为和诡异性。

凡此种种，都让人想起东方的宗教，尤其是早期印度教与佛教密宗里的东西。它们的信徒和教义文献，是否在上古曾与希腊神话信仰地区有过深入的交汇和混淆？奥耳弗斯是什么？他的故事究竟讲述了人类精神中怎样的一种困惑、恐惧和结局？这需要再研究。近代以来，历史上存在着很多与奥耳弗斯崇拜相关的艺术作品：17世纪意大利作曲家蒙特威尔第就写出了歌剧《奥耳弗斯》，18世纪德国作曲家格鲁克也写了歌剧《奥耳弗斯与欧里狄克》，19世纪匈牙利作曲家李斯特写了交响诗《奥耳弗斯》，法国象征主义画家摩罗还画了《拿着奥耳弗斯头颅的色雷斯姑娘》。在19世纪，有人问法国象征主义马拉美："荷马之前是什么？"马拉美干脆就说："奥耳弗斯"（胡戈·弗里德里希《现代诗歌的结构》）。20世纪波兰诗人米沃什也有诗《奥耳弗斯与欧里狄克》，法国导演科克托还有电影《奥耳弗斯的遗嘱》等。可以说，奥耳弗斯神话作为宗教虽然消失了，但作为一种美学崇拜，却从未退出过历代西方艺术家的记忆。而晚年里尔克以及他的这一首组诗——作为奥耳弗斯教教义在 20 世纪初第一个"诗意的信徒"和诠释，是否也因其在现代主义和近代工业文明异化后的意义上出现得最早，因此象征性地表达出了东西方人在面对当代精神困境、生存困境时对神学、信仰、死、地狱、少女、性、自然与爱的共性，并打通了一道语言的走廊呢？这仍是需要每一代人去不断传承和领悟的吧。

译者 2010 年

第五篇　维持：一个词的诗学解剖图

一

一天都很安静。

黄昏时，我忽然感到了失语。

我忽然只剩下一个动作。我必须叙述这个长久的动作，分析这个贯穿我生活的，被迫要安全完成的假动作：维持。

然而，叙述是最艰难的。人是词语的尸体。

正如此刻我对着一只花瓶审视，我会被它的角度、光或各个局部的安排所惊异。我虽然能全面地感受惊异，却无法全面地叙述美感。因为无论我叙述的是什么，再必要、再准确，叙述本身与被叙述的内容，却是单一的、省略的，甚至……是卑鄙的。

因为词语会消灭人，异化人。

词语是精神生活的剧毒危险品。

渴。我喝了口水，一个人站在屋里。我的精神一度被书案上的白纸所震动。我以为这屋里除了这白纸、茶壶和它们所安放的书案，就别无他物了，哦……不，还有一把刀子。是军刺。它就放在我的抽屉里，那是锋利的往事，过去的武器。现在，存在几乎是无法进行的。但我必须用叙述来维持这本质上空泛的生活，叙述的结束，也就是整个这种生活的结束。现在我才感到，这种生活已经统治我很多年了。可是我对一切是恐惧的。"维持"，是一个最为漫长的词语。我结束一种维持，又将用另一种维持来补充。我觉得我并没有把时间用在某一种生活上。我的全部时间都耗尽于我对生活的维持。连我的恐惧也不过是一种枯燥的矜持。我拔去窗栅，推开这一扇窗，这恐怕是我全部的日子里最大的一个动作了。我的肌肉早就变得很浮泡、僵软、松弛，我并不愿意这样。难道我根本不具备应付个体与个体之间纯粹暴力的能力？我必须得否认这种不属于我血统的生理状态。我得用这扇窗射进来的几条清楚的光线，划掉目前的具体生活。我得用健康。叙述也许是最贫穷的创造，但只要能够是创造。

我手提茶壶，面壁意象。

我切开一枚核桃，投入茶水中，飞溅起封建的涟漪……

长时间的啜饮和长时间的思考一样，所有的细节都会裸露无疑。此刻有某些人也和我一样在脑中的事件摘取各种细致的结论，他们也要有秩序地安排好自己的生活事件，比如安排一次交谈，一次阅读，一场持久的婚姻，但他们和我一样也完全没有获得交谈、阅读和婚姻，而被安排所毁灭。

我找来一堆木炭和一只铁盆，自制一个火炉。

因为温暖是要主动去持续的。

我的手不被我的脑神经支配，它是一种自觉的掌握和探向的工具，一种自觉的方法。它拨动着木炭，使其完全燃烧，从而在上升的热量中取得舒展自如的物理条件。与它同样，我的其他器官也都逐渐朝向火炉中心，就像花瓶、白纸、茶水、核桃、军刺与窗，都朝向这一单调的生活中心，都朝向一个概念：维持。

难道这些都是让人难以信任的、假的、不可能的吗？

"你……"我对着镜子说，"究竟想维持一种什么样的意义呢？"

意义是一个复数。意义就是一个不稳定的，时常步入错误区域的定义。而且，我只能以叙述代替解释。

我枯坐在一把结构尖锐如鹰爪的木椅上，我就快要沉没在这把椅子里了。黄昏，世界如茶，我昏昏欲睡。冥冥中，一些被历史淹没的观点纠缠着我不放。我摸了一下扶手，顺着扶手的走向，我一直摸到椅背，以及一件被搭在上面的毛皮上衣。椅子里的我，逐渐缩小，微妙，像一片长在人工制作的对称树枝上的叶子。我不得不这样下去，我显得自由摇晃。但是，椅子是肯定的、稳固的、绝不更变的。一些灰尘从天花板落到桌面上，另一些在空中，在阳光的光束里，不愿往下落。的确如此，当一个问题严肃起来时，我就会急躁，因为严肃是转瞬即逝的事物，大部分人都不太懂得尊敬短暂。

如果在此刻我独自叙述时有人敲门，我注定只能妥协，我打开门，把来者引入斗室，他们身上随即带进一股社会与纯外部世界的薰香。但陶醉对于维持是有害的，维持必须清醒。我还得说，维持绝不是坚持，后者是由成功欲产生的主动行为，而前者是被动的。维持也不是拖延，拖延是一种无可奈何，束手待亡。维持是必需的！是一种服从。比如一个人说："我必须维持目前这种状况。"这句话的潜在意义有两个：第一，除了这种状况，别的都是错误的，或者还不如此的。第二，这句话的主语并不是"维持"，也不是"我"，而是"必须"。"必须"是重要的。那么我会对带给我薰香与陶醉的人叙述我的想法，每个人都企图确认自己位置的必要性，中年人确认稳定，妇女确认依靠，儿童确认反对，在职业上也各自互相确认。然而，人的一个时期一个时期更换，认识交替，理论变迁，唯有一种行为始终使用的，无论什么思想都使用它。那就是"维持＋持续"的手段。这是一切思想的基本保证。表面上看它是木然的、冷静的，但是更进一步看，它是潜伏的勇气。

凌晨的玻璃窗发出光明的声音，于是屋中的所有玻璃器皿，什么镜子、雕花碗、墨水瓶、灯泡、还有我的腕子上的透明表盖，都相应地发出不同声音。我甚至感到我的眼睛也要透明得发出响亮的视力。我继续这样，站一会儿，坐一会儿，又走一走，打着手势叙述，像整个人类一样处于沉寂，又惧怕改良。一日复一日，我必须捕捉、掠夺、挑选；但所有的事物根本就是一种轰动，它们喧闹着，叽喳着，排列成队，突然变成了各种各样形状的精神，在它们身上产生的各种科学，数理的与经验的，都突然挥发成微粒子，扩散在空气里，被我呼吸。当我说话时，这些精神已完全充满了我的叙述，现在我的血液都集中到我的声带上，我的牙齿上下分离，嘴唇微启。我离开椅子，重新、再度、唯一一次一个人独自站在屋里自言自语……

花是美学的骨骸，人是词语的尸体。

二

【维持是时间性的认识，而不是个别经验】

这句话的主要悖论是认识和经验。一般看来，认识的直接效果就是经验。但是在指定范围内，经验有一个特殊的、工具式的含义。我通常认为缺少这个含义的话，经验就是形而上的了，那就是使人进步的用途。而在这里，如果我们假设维持就是经验，则会立刻发现，至少"进步"这个词语，在维持中消失了(或者极其模糊)。而用途，也随即变成一个狭义词。因为维持有很大一部分元素是为了保持现有状况而不得不采取的方法，是方法而很难构成用途。那么认识为什么会在这一定义中和经验成为不同指向的针尖呢？我在这儿又要提出两个"条件"：1.时间性的一定；2.经验的不一定。现在我可以说，认识与经验在这句话里区别甚大的原因，是长久地（时间性的）认识是一种生存中必须包含的全过程，是被肯定的生存行为，因为它会完全地贯穿维持的过程；与之不同的是，经验往往会影响这种过程，因为一种（个别）经验必定是由经验者从前的经验被驳倒所产生的，它还会被下一个经验所代替，所以这里的经验是冲击式的，它会波及在维持中长时间的、稳定的认识。它使人进步，但也使人受难。

【维持的执行总是短暂的，人性】

执行在意识上有一种被命令的感觉。在执行中，维持本身是有力的，而维持者是不健康的，因而是无力的。我说它短暂，就是指人本身生存局部的短暂，因为，从生存意义上说，维持的执行＝维持者（正在执行时）。我不否认一个人在执行维持时的情绪和思想很少是安然宁静的。人是绝对的不宁静，虽然这绝对是瞬间的，造成短暂的因素。我说人性，当然应该请求原谅我这种说法，这是，仅仅是，对"人性"这个词的提出，既不是赞颂也不是怀疑，也并非为了中肯，我只是提出：短暂地执行一个时期的维持是人性的（在本能之上的人性的），也必将导致人性中的恶劣品格挥发出来。

【维持使所有被维持事物与人达到完善】

先让我来谈谈词语的模糊性。我们在词语的调用中，经常会随意互换一些差别不明显的词，比如完善、完美和完成。然而我们并没有认真地从纯语汇角度去将它们分开。别的我先不必细谈，只谈完善。我历来以为，完善是和平的一种，因为它像国家和平一样，支撑着"事物"这个庞大的帝国。事物有自身的法律，如同我们有共定的宪法。所不同的是，事物的法律需要人去遵守，在遵守中，人与一件事、一个物体，或一种感性保持相当的协调，成为一体（事实上大多数达到这点的人，有很多却非常欠缺发展这点的才能）。这样看，人与事物共架起的日常生活，具体世界（包括变化），就是最主要的和平，关键的和平。而另一些笨拙的、徒劳的和平在我们与事物之间贯通时，就会被完善的人与事物的联系所否定。那么维持者，作为一个个人，就将获得一个全面的、包围式的体验。纵使他将这一切贯通，联系继续下去，但我们在其中感到的最大缺陷就是我开头讲的那三个词的区分，即：这种和平，贯通与联系常常是没有美感的，它使人枯燥至极，而且也绝不会被完成。

【维持规定了我们实现精神目的的速度】

简单地说，维持规定了一切速度。也许对速度的要求深深地扰乱了正常的目的。一般来说，个人对速度的需求是最强烈的,个人是无所谓自身体力的限度的。速度、加速度、快速、飞速、光速……但无论什么速度都归属于对速度的掌握。当我们在速度的运行中,会感到,目的的达到是立刻的、有把握的,而我们此时最需要的就是没有变更,保留现状,准确而充分地去实现精神。

【维持是暴力之前和暴力之后】

我无意在此将"暴力"一词牵涉到社会学上去。在意识暴力与身体暴力之外,人们常常不约而同地察觉到还有一种统一的、大面积的,相当长久而又磨人的"软性"暴力——那就是每一个人对自身生活的软禁,实际上也就是维持。这是介乎暴力与暴力想象之间的一种满怀恐惧的休息。维持在此还有一个副作用:努力摆脱这种恐惧与休息,因为在当时(即维持中)人的意识与身体的绝大部分基因倾向于感性。

【维持是历史的】

这句叙述有一个反比,也可以说历史是维持的。不过显而易见,"是"与"的"两个字在这儿肯定很模糊。我们说"是……的"往往只能想到"属于……的""包括……的""成为……的",等等。但是忽略了"本身就已经与……互相并依靠"这个含义。比如在这里,维持其实就已经是一个怀抱和养育历史的概念了。从远古到当代的全部历史,(个人事件、英雄事件和政治事件只能算一小部分），尤其是全自然界的历史，我认为归根结底概述为一个动作的话，那就只能是维持。我们现存的生活中都是过去历史的指向。生活之中，并不是生活的定理与论点，而是一个趋势，一条往前画着的直线，一次有条不紊的奔跑。历史离我们之近，如同内衣紧贴着后背。我们不可能不感到历史的持续与我们个人生活中的持续成正比。我们的成长与进步也就是靠历史和维持来培育、帮助、扶持。我们的所有冲动也不是冲动，而是无把握时的孤独。只有在保证思考中激进，这激进才能健康、正确，这思考也就是全部经验的使用，也就是全部历史的支持。

【维持的顶峰只能跳跃到另一种维持里】

这是最后一句叙述。跳跃：是我们唯一真正用过的改良手段。跳跃是一种求生。当我们对一个事件的处理结束后，也许我们会慢吞吞地走到下一个事件中去。可是结束是不存在的，存在的只有荒诞的纠缠，它使我们无心再维持这一事件，于是就产生了跳跃，但维持是永恒的。我们无法甩掉它的纠缠，正如我们无法从手上或身上甩掉一个动作。它永远都在我们身上挂着。我们必须使用。它成为我们的衣服、皮肤、骨肉、血统与脑筋。它是我们世界的中枢神经。你仔细看，难道所有朝代、文明或神学真的在进步吗？没有。人心从来就没动过。世界历史的当下总是瞬息万变的，但其本质却永远是行尸走肉。数万年来的"百尺竿头，如何再进一步"？神无定律，禅无定法。真理是什么？鬼打墙、潘多拉的盒子、圆周率、无门关、混沌学、拓扑、迷宫、过日子……芝诺之箭从来就没移动过。

三

世界怎样将自身维持
如一场神秘主义的戏剧
很久了，我恐惧
随着万物的旋转、运动和流变
词语——将我的行为指引
人摧毁着人
物体摧毁着物体
所有一切都在互相的摧毁中
维持着忧愁的太平

是很久了，我恐惧

不知道我们是否能躲避
你扑面而来的恶意
躲开后再将历史继续下去

不知道干尸、乌托邦与色情

是否能为我盗窃光明

我一个人独自居住在

缺了一块光线的屋子里

这缺陷又被我用我的身体补充

群书、吊灯、枪与女人……

屋子里的每一件东西都是一种缺陷

也都被它们用自身弥补

茶壶为我秘密灌顶

军刺被我反复擦拭

这里笔是笔

刀是刀

纸是纸

但我却难以成为我自己

中产阶级的唾沫正在凌空飞翔

供知识分子食用的瓶装风景

已在路边窒息。大街上飘浮着奸商的肉香

广场如一口大锅蒸煮着文明

这里个人是个人

石头是石头

世界——是胜利的物质
唯独思想是一片卑贱的禁区

请给我纵火后的帝国里
一万个冷却的故乡
请给我熄灭了的、烤焦的草民
请给我时间、地点和事件
请给我一代人的昏迷
我随着一个导师的灰烬
死去,复活,又死去
我对着一面古镜说：
让我来统治空气

让我来统治空气
让我来镇压空气
让我们都拿出一个肉体
让我们为这肉体再虚设一个位置
因为存在是一种姿势
行动是幻想的诡计
而你……你是集权之谜

你是方法之花

你是美的工具
你是塑造我们一生动作的
器械：我们依赖你而将自身继续
请给我一个超稳定的时代
请给我理由、秩序与洁癖
星球与星球在互相撞击
但太空却是一动不动的骗局

我一个人独自居住在
灵魂的原始无人区
一时间我暗杀了酒和雨水
一时间我又提刀看菊
我唯恐忽略了漆黑腐烂的真理
有如中世纪的癫僧沦陷于荒淫

的确很久了，我恐惧

粮食还有多少
地洞是否挖好
核冬天、肉蒲团、全球性瘟疫
以及左右翼意识形态的精液
还能维持几个世纪

我知道恐龙、海藻与国家元首

都已经相继死去多年

我还知道：爱情是一种待续

杀人不过头点地

维持：你就是异形

你是假佛、反基督与一切暴发户

你是7的禁忌与13之敌

我独自一人监视自己的孤独

我独自一人跟踪自己的阴影

这里窗仍是窗

茶仍是茶

火炉

核桃

仍是火炉与核桃

一把鹰爪般的椅子

将托着我

生活下去。其实

每一秒钟之前

都是古代

每一个常识

都是奥秘

注：这篇作品写于 1991 年，当时我 19 岁。初稿于重庆完成，后来也一度被完全忘记了。2007 年时偶然翻出来，在一些个别词语上有所修订，但基本保留了原稿的结构与原型。这应该是我第一篇试图在文体上进行探索的诗。

第六篇　穿裤子的怪兽：马雅可夫斯基的晚点火车

> 斯摩棱斯克一省三年内苏维埃政权的建设
>
> 3 座高等学校
> 25 个托儿所
> 90 个幼儿园
> 1800 个书亭
> 350 个民众图书馆
> 940 所成人学校
> 试想全俄罗斯一共开设了多少！
> 试问白卫军建设了什么？
> 只有供有钱人吃喝的酒馆饭店
>
> 　　　　　　　　　　　1920 年 11 月

众人皆言"过时的"马雅可夫斯基（VladimirMayakovsky，1893—1930）早期的少年诗属后期象征主义，然后便直逼未来主义。革命期间的诗，在语言上几乎与二战后的策兰，乃至现在的所谓"后现代"差不多了。尽管他们的意识形态完全不同，但我依然觉得他是语言上的天才。不仅是"夜，淫秽而沉醉，欣赏着自己的狂荡"，也包括"列宁在我们脑中，枪在我们手中"。他的诗曾被"像叶卡捷琳娜时代推广土豆一样地被推广"（帕斯捷尔纳克语），且打架，酗酒，直到最后的自杀，在那个时代的糊涂和如今的被遗忘……都毫无怀疑地让我们得以认定：这是一个多么了不起的诗人。我刚才随便选的一首他的小诗，因他的怪诗太多了，无法一一摘选。

但就这么一首对于他的作品来说是九牛一毛的小诗，却让我看到了太多今天诗人们写作的世界性的"基因"或语言灵感原点。

在今天，如果你仔细阅读马雅可夫斯基的作品，无论是戏剧和诗，都依然具有强烈的先锋语言冲击力。马雅可夫斯基很奇特，至今看到他俊美而坚毅的相貌，你都依然能感到他的纯男性的魔力。记得帕斯捷尔纳克曾在《人与事》中说，他们俩喝醉了动辄出门到雪地里打一架。我怀疑老帕根本不是马雅可夫斯基的对手。但这种叙述也容易让人觉得马雅可夫斯基只是一个有暴力倾向（包括语言暴力）的人。其实马雅可夫斯基在语言上几乎是个"外星人"，我相信在不同的时代，他将有不同的解释。马雅可夫斯基的诗要从美学与语言学的历史进程去看，而不能从意识形态和历史唯物主义的框框去看,那样就"落于小乘"了。因任何艺术品与诗,只要是"绝对的",也许都不会过时,关键不在原作,而在我们怎么去重新解读。

我们可以先来看一首他的少年诗《码头》:

> 肚皮下面铺开了床单似的水,
> 白色的牙齿把床单撕成波浪。
> 汽笛吼叫着——仿佛是
> 爱情和肉欲从铜管里向外流淌。
> 小船在港口的摇篮里
> 紧贴着铁的母亲的乳房。
> 而在轮船的聋了的耳朵里
> 耳环似的铁锚闪耀着光芒。

1912 年

多么丰富而奇诡的想象力,多么自信的少年诗人。

这首诗是 19 岁的马雅可夫斯基所写,那少年狂狷和俊美的雄姿,不用通过照片,仅仅通过语言,便已让人着迷。可以说,他是 20 世纪世界诗歌的第一另类,他远远在所有东西方诗人的思维惯性之外(政治色彩只是表象),其对语言标新立异(不仅是俄语)以及诗歌形式的未来发展与可能性,无论是艾略特、策兰、庞德或普拉斯，都难望其项背。而在俄罗斯白银时代中，如果说曼杰斯塔姆创造了诗性语言的良心和花园，那么马雅可夫斯基则制造了一条语言革命的飞毯，狂飙一般地掠过了那片苦难的大地，只留下一阵长久的哗然。

在我所收藏的一本旧书《马雅可夫斯基研究》（1950年11月初版，正风出版社）中，收录了不少俄罗斯人对马雅可夫斯基的回忆和研究文章，也有中国译者的文字，是一本难得的文献。读此书，我才渐渐懂得自己为何在20岁之前完全不喜欢此人，因他被宣传搞烂了。在中国集体向右看齐的时代，一个从左边来的少年是最容易被误读的。但如今，当你结合近代西方历史和诗歌史来看，再倒过来想马雅可夫斯基当时的语言和搞法，方才懂得他的用意。

但天才又总是那么敏感，那么柔情带血。1915年，马雅可夫斯基结识了毕利克夫妇，爱上了他的妻子莉莉。他们之间错综的三角关系直到他死时都未能解决。尽管马雅可夫斯基对1925年诗人叶赛宁自杀的消息感到愤怒，但他自己也在1930年，用手枪结束自己的生命。在他桌上留有一张字条，上面写着希望大家"不要因为我的死而责怪任何人，也不要闲聊此事"，其中还有"莉莉，爱我"几个字，并引用了下面这首诗的第五到第八行：

已经过了一点。你一定已就寝。

第六篇 穿裤子的怪兽：马雅可夫斯基的晚点火车

银河在夜里流泄着银光。

　我并不急，没有理由

　用电报的闪电打搅你，

　而且，如他们所说，事情已了结。

　爱之船已撞上生命的礁石沉没。

　你我互不相欠，何必开列

　彼此的苦难，创痛，忧伤。

　你瞧世界变得如此沉静，

　夜晚用星星的献礼包裹天空。

　在这样的时刻，一个人会想起身

　向时代，历史，宇宙说话。

　　一般世俗的盖棺定论是：马雅可夫斯基在20世纪诗坛上，一直扮演着革命性的角色。早在俄国十月革命之前，他即是活跃的改革主义者，未满20岁就有过三次被逮捕、被囚禁的记录。因为追随社会民主党而遭校方开除，未能完成正常教育课程，于是后来改攻艺术，在画家勃留克（Burlyuk）影响下，他成为俄国未来主义领导者之一。他扬弃一切古典正统，宣称将把"文字从意义中解放出来"。在俄国十月革命期间，马雅可夫斯基毅然加入革命行列，设计宣传海报、口号以及诗歌，并且巡回俄国境内朗诵。他后来创办《左翼艺术阵线》杂志，也经常参与文学论战。去除这些政治光环，马雅可夫斯基骨子里其实就是一个抒情诗人,甚至是少年诗人。如马雅可夫斯基对本质的反叛,即他当年的:"打倒你们的艺术,打倒你们的制度,打倒你们的宗教,打倒你们的爱情。"如果我们仅仅是用当年的阶级意识和革命环境去解读,无疑这是反人道的。但如果用美学即诗学去看,马的语言是惊人的、大气的。尤其是"打倒你们的爱情"。这句话简直像吗啡一样,曾经让很多人(包括我)着迷。爱情岂能打倒?

马雅可夫斯基始终就是一个被爱情击中的少年。

因为悲剧美学的结果是:马雅可夫斯基并未打倒爱情,而是他自己反被爱情打倒了。他在对爱情与生活的绝望中开枪自杀。这一行动也为这个少年诗人的这句话圆满地给出了注释。

读马雅可夫斯基的少年诗、戏剧和其他文字,参阅当今的很多西方所谓先锋,就足以证明一切了。马雅可夫斯基在当年不过是被政治利用了。其实他的语言思维太超前了,脱去那些政治外衣,便可以说是现代诗的极致。20世纪70年代看马雅可夫斯基的诗,和现在看,完全是两个角度。现代汉语还不适应环境的突变和语言的灵活。可怕的就在于:这种超前的语言,马雅可夫斯基当年就是想好了的。他并不是偶然做到的,而是蓄谋已久的,深思熟虑的。譬如他的一些惊人的怪诗——广告诗。此类诗在百年前已直逼今日之所谓的"后现代"。而这类东西马雅可夫斯基当年竟然已写过近300

首之多！如：

（一）身体、肚子、智力需要的一切东西，
国营百货公司都能提供给你。
不必怀疑，
也无须深思，
买各种妇女用品只有上国营百货公司。

（二）从城乡各地来到这里，
不必东寻西找，
磨破鞋底，
到国营百货公司样样都能买齐，
对路，迅速，而且便宜！

（三）小雨纷纷，
大雨倾盆，
没有套鞋，
我不出门。
全靠有了橡胶公司东走西跑，
脚下不湿。

（四）下雨天没有橡胶公司的套鞋，

连百足蜈蚣也躲着不能上街。

（五）这种轮胎胜过各种轮胎，
赢得了全俄小汽车竞赛。

（六）白熊、驯鹿、爱斯基摩，
茶管局的茶谁都爱喝。
哪怕喝到北极，
也觉全身暖和。

（七）沙皇、资本家在云端观察，
想看看工人们吃啥喝啥，
气得他眼珠子瞪得老大；
工人们喝的是高级茶。

（八）上等茶叶上哪儿买？
上茶管局价廉物美。
赶快买了好解渴，
茶叶色色俱备：
要什么价格有什么价格，
要什么口味有什么口味。

(九)一切东方人心里乐开了花:
骆驼驮来了绿茶。

(十)我敢向全世界起誓:
私营公司的茶叶太次。
茶管局有信誉。
茶叶成色好。
你沏出来看,
整个房间香得像百花园。

时间越久,越能感到马雅可夫斯基伟大和奇诡的天赋。他36岁就死了。和所有少年天才诗人一样,他的语言方式乃至行为,都是要过很多个时代才会被理解的——即原来我们现在热衷于写的那些"东西",譬如对语言以及形式的创造,譬如什么口语化、粘贴诗、图像诗、新闻或历史资料分行、散文体或零抒情叙述等等,他早就已经搞过无数次了。我甚至觉得,现在很多中国诗人的写作灵感,都不自觉地来自对马雅可夫斯基语言方式的反刍而已。只不过马雅可夫斯基的时代尚披着极左的外衣,而现在则戴着资本主义的假首饰。

是啊,就像少年的青春稍纵即逝。世俗意义上的"革命"一词过时了,实验失败了,制造过大灾难与文化耻辱的苏联也解体了。但马雅可夫斯基的语言火车似乎却诡异地晚点了:

它在 21 世纪初，才到达这个诗歌已被边缘化的中国。在过时的制度、过时的宣传和过时的云端下，他就像一头穿裤子的怪兽，只能秘密咆哮。马雅可夫斯基的神秘荒诞之处还在于，他似乎既不西方，也不东方，既不是俄罗斯传统意义上的抒情诗人，也不是欧洲传统意义上的"未来派"（因他与意大利未来主义那些人完全两码事）。西方诗人都有点怕他，又暗暗地从心中钦佩他。而东方诗人则视他为超级狂夫，或一个语言暴动的野蛮工匠。因为马雅可夫斯基太博大了。从《宗教滑稽剧》《澡堂》《臭虫》到《一亿五千万》《穿裤子的云》《我自己》和《列宁》，马雅可夫斯基的诗学在当年可以说腾空而起，发明了一套崭新的语言方式，而且在红场当众宣读，像传单一样迅速传遍大街小巷，并使万众鼎沸。这种行为和语言同时突进的搞法，让后来的现代派全都显得像小把戏。现在不是那个时代了，难以想象诗歌当年在革命的街头几乎有着和冲锋枪一样的震撼力。老实说，我们小时候根本读不懂马雅可夫斯基，少年是不会理解少年的。而人只有到了中年，才会反省青春的张力。于是我们现在才会略微懂了一点，究竟什么叫天才。

2010 年—2011 年 1 月

第七篇　一朵花没有左与右：从科尔查文到苏戬

在莫斯科那边，在黑暗的深渊，

一个冷酷而残暴的巨人威严闪现——

他代表着一个僵化封冻的时代，

他根本读不懂帕斯捷尔纳克的诗篇。

——（俄）纳·科尔查文

大多数人并不能理解美与血的裙带关系，只觉得胭脂是独立的。

其实天底下哪有独立的事物？据说，除了被扼杀在斯大林集中营的曼捷斯塔姆之外，俄罗斯诗歌白银时代还有一个少年诗人曾经在斯大林活着的时候写了反斯大林的讽刺诗，而且当众朗诵过，这就是科尔查文。他也曾被当作精神病患者流放。那么，就整个苏俄时期来说，这样超绝、直接、指名道姓攻击暴君的殉教徒般的诗歌卫道士，又带着人性的脆弱与敏感死于非命的，已经有两个。

我想说的是：中国一个也没有，且似乎也不需要有。

自古就没有一个好的古代中国诗人用纯抒情的语言正面讽刺过制造了无数悲剧的君主。顶多只有调侃，没有反抗。骂孔子可以，骂皇帝则立刻满门抄斩，噤若寒蝉。次要原因当然也有很多，譬如：曹操或李后主也都是一流诗人，君主也未必便是恶人。如此还有什么真话可说？还是说好话吧。《石头记》里鸳鸯说得最到位："宋徽宗的鹰，赵子昂的马，都是好话(画)！"不但如此，似乎革命还救了不少庸才。譬如20世纪80年代以来，竟然是反刍一般在某个阶段出了一大堆所谓的"新左翼"诗人，如东施效颦，重复着老掉牙的伪人道主义，而丝毫不去思考20世纪中叶铺满远东大地的红血白骨。曾几何时，无数无辜的精英的血冲天而起，文明破碎，暴殄天物。而另一些诗人还死守着他们腐烂的意识形态，并辩解说："不，这是因为他们搞的不是真正的诗……不是真正的什么主义。"要不然就挣钱去了，要不然便去搞什么山林派、婉约派去了，连糖是甜的、药是苦的都不敢随便乱说，只说"我家门口的古桥"之类，貌似传统，洒脱自然，从而摆脱了诗人内心与当下世界苦难之干系。文人无行，于今尤甚矣。

为什么中国诗人总是"有智慧而无真理"？人话、好话、鬼话、神话，大白话和口水话，都写了，就是不写点真话——我说的不是政治学或社会学意义上的真话，而是发自性地心王式的、有真情的语言。

语言如果不能让人生进步,人就会放弃语言。正如没有人真正去从根本上理解,为什么参加过巴黎公社起义的兰波,最后会去贩卖军火与黑奴?关注以太、格物与神学的谭嗣同为什么去就一个制度的小义?他又为什么说"众生绝顶聪明处,只在虚无缥缈间"?仅仅是因为他们想"走向行动"吗?大家也忘记了列宁有句道出左翼天机的话:"到了共产主义社会,我们的厕所要用黄金来修。"列宁此话与佛经上的"西方极乐世界,皆满地黄金"是何其相似,即最根本的意识形态关注的必是落到实处的事物,而非哲学。因向左的目的其实也是向右,资本到达一定程度之后,便可以兼并幻想,就像佛教寺院的敛财行为和宗教经济学。而若在艺术与诗上也去分左与右,那便更是一出荒诞派戏剧。

以上牢骚发完,我便忽然想起那个35岁即夭折的佛教曹洞宗第47世、混血的诗人和艺术家:曼殊上人苏戬。可以说,在少年时代,我曾一度将他的照片挂在床头,作为一种对自己寂寞的精神观照。近代文学史上,苏曼殊可算是晚清至民国最后一代用古文写诗和小说的天才诗人,也是有着严重刺客倾向的革命党、激狂的画家和藐视天下又悲悯浊世的高僧。他是诗与画皆惊艳孤绝,而他的人与心又从未放下过世间疾苦。他爱山海蝴蝶、枯树古寺,也渴望喋血街头、烂醉烟花。他一生广交近代中国历史上的几乎所有重要人物,性如纯酒,热血冷心。自渎、颓唐、贪食、嗜糖、好杀,其超人的怪癖与境界可直追寒山、八大,而混血的身世、漂流传奇的阅历和对人性污秽极端的愤怒,则将他俊美、典雅而空灵的癫僧情痴形象推到了后代难以望其项背的高度。

柳亚子说他"才绝、画绝、痴绝",但其实没有人真正了解苏曼殊的耽美与有病不治的心理——因为一切"哀感顽艳"的核心其实是一码事。如波德莱尔云:"颓废不过是英雄主义最后的闪光。"

那些传记作者与乱世熟人怎能懂得血书的《断鸿零雁记》?

要理解他心中的热忱吗?首先你必须向他那样一次吃五斤冰。这是只有真火焚身的人才能做到的。

曼殊诗文很多,而我最喜欢的是《过若松町有感示仲兄》一诗之第二首。因这是他在东京时,路过往昔爱人之住处,顿生往事不再、人面桃花、人去楼空之感叹时所写。曼殊是有名的情种、情僧。且看他的四句原文:

> 契阔死生君莫问
> 行云流水一孤僧
> 无端狂笑无端哭
> 纵有欢肠冷似冰

据说苏曼殊本就是一个登高凭吊"放声恸哭",观看悲剧"泪淋淋下",与人握别时"泪沾衣襟",思念亲人即"涕泗横流"的人。试问,这哭与笑的本质是什么?我以为,这便是一个真诗人所必需之少年气。而且,这种少年气在康梁时代,在排满时期,也是当时许多国人之普遍气质。如梁任公曾有感于意大利革命家和"少年意大利"(青年意大利党)之缔造者、意大利建国三杰之一玛志尼(1805—1872)之影响,而写下了《少年中国说》。过去我不懂,一个情种和尚,为何又能同时是一个"革命和尚"?殊不知革命与爱情是何其相似呀!若论牺牲的原义,我们甚至可以说:革命便是社会的爱情,而爱情则是家中的革命。

去年闲暇时,我曾重新翻阅苏曼殊的旧作,如燕子龛、天涯红泪、岭海幽光、讨袁宣言、焚剑、绛纱、非梦、梵文典以及他笔下所追忆或翻译的秋瑾、拜伦、女杰郭尔缦等。这艺术中的拼命三郎,飘零东瀛20年,其行文之跳脱不羁,依然感染着我年近不惑的心。于是,我便写了《惨社会(或断鸿零雁记)》一诗,全文如下:

在惨社会独醒

饮冰、行脚、暗杀

今日小雪,又食糖三斤

我以为,禅就是一种法西斯

白马投荒是无政府主义

袈裟会与西装激战

让人悲欣交集

在惨社会独醒
我一遇到古书或美人
就会扑过去，革命与爱情
都需要雪泥鸿爪，大巧不工
或长歌走马：歌已哭，哭复歌
无端痴笑无端泪
尽向酒与月狂涂

在惨社会独醒
四岁画狮子，伏地怒吼
六岁画轮船，激浪印度
七岁八岁，写尽了花鸟虫鱼
二十岁后即敢篡改嚣俄
影射乾坤，当仁不让沙恭达罗
将一腔混血，多少大恨
投在半根雪茄中

在惨社会独醒
打点行装，拼命三郎于燕子龛内
密谋，如何灭了清国

南社疲倦,柳亚子也形同虚火
我宁愿与一支尺八箫同盟
在樱花桥头,浙江潮畔
做一个兵火头陀

在惨社会独醒
岭南多雨,一艘木筏可传我衣钵
静子还在海那边等我
但一切有情,皆无挂碍了
独秀、少白、逸仙、豫才……
天下可救,人心不可救
我今日往诗中杀人放火去也
平沙落雁不回头

此诗写于2010年2月,不仅因曼殊是我最喜欢的近代诗人,也因为他是近代第一个翻译歌德、拜伦、雪莱和雨果《悲惨世界》断章,并加以篡改来象征中国的人,此书当时曼殊译名为《惨社会》,雨果则译为《嚣俄》。《断鸿零雁记》是我在19岁时读的。其优美语言如古代少年之烈焰,至今犹焚。匆匆20年了,仍让我记忆犹新。而且曼殊个人生活中之性情、甚至身世阅历,也与我有相似处(因我父系粤人,而我也曾东渡扶桑,与日本有过一段14年之姻缘),故读其文,感其事,形影相吊，顾影自怜，便写此诗以祭之。

从美学上看，苏曼殊故意以慢性自杀（虽然死于胃病和饮食，但曼殊的后期是有自杀倾向的）、病故与早夭三种方式，同时完成了他惊人的"语言圆寂"。仿佛他是以诗文、偈语和绘画等三种言说方式，同时完成了他的少年理想。中国近代史上这样颓废而愤怒的传统格律诗人很多，但除了曼殊上人和谭嗣同（如果"莽苍苍斋诗"也算先锋的话），鲜有以性情落在实处者。苏曼殊尤其具有美与血的双重人格，他的醉与痛，夭折和美艳，皆像极了唐代的天才诗人刘叉或27岁早夭的鬼才李贺，又堪比一战时期的德语天才诗人特拉克尔。

回到本文初：窃以为中国近代既难以产生像科尔查文那样的诗人，也难以产生苏曼殊。原因不仅在于意识形态和说真话与否，更在于这性情与美的人格似乎难以在这种崇尚明哲保身的大环境中生存，更遑论有异端少年气的表达。有些诗人技巧一流，但尚未透祖师关，便被生活"招安"了。如20世纪80年代中国诗人中很多都是一群泥脚杆子，出污泥而染污泥，制造垃圾。但在资本主义的狂飙下，有的躲了，有的下海了，有的出名了，有的变圆了。而20世纪90年代到现在的诗人，则反过来了，蜕变成电子浮游生物，在虚拟空间里意淫。这些都是难以逆转的式微和诗歌必然被边缘化的因素。更有荒谬者，将历史的韧带和血肉联系进行强行分割。他们完全忘了唐朝横跨三百多年，如今也全叫"唐诗"，而居然把汉语进程简单地一刀切为60后、70后、80后、90后等，各个击破，搞出那么多务虚的诠释来圈定各自的话语阵地，还论资排辈，实乃诗史上唯有之壮观和荒谬也。

过去诗人的精髓是美与异端，而不是公平，甚至不是人道主义。更谈不上那些所谓"政治正确"的、动辄谈良心和道德批判的做法。诗人傲慢地对待一切事物与人，包括暴君，这只是因为他自己就是心中最大的"君主"，即美与幻想的统治者。这是本能，而不是选择。诗心没有选择，都是自然而然的。哪怕魏晋时代的中国诗人，其本质都像是达达主义一样地自由跳脱。可现在哪里还有一点达达精神？大家都爱讲段子，以后就叫"段子主义"算了。写首诗搞得文韬武略的，也算是汉语为世界做的贡献。病句用好了，不知道的还以为是格言呢。写真话更谈何容易？俗话说，撒谎的人迟早要倒霉，但讲真话的人，马上就倒霉。因大部分人在真话面前都会畏缩，我个人也不例外。而曼捷斯塔姆与科尔查文当年讽刺斯大林，苏曼殊渴望着北上去当排满刺客，并不是因为他们想成为什么公民，更非因为想追求什么主义或制度。"阿克梅派"的精神从不是什么主义，仅仅是"对世界文化的怀念"。苏曼殊也不是为了民国，而是为了血与美在他性情与诗学中的融合。为什么需要怀念血与美的融合？这自然是因为文化与人的尊严受到了不公正的打击和毁灭。过去是意识形态与权力的凌辱，现在则是商业、利益共同体与媚俗势力的遮蔽，而且钱比枪似乎更有效。大家都觉得:那从右边来的摧毁力似乎更大,更可怕,更触及每个人的灵魂和实际命运。

但一朵花本身就是美的,圆形的花冠没有什么左或右。

我只是想说:过去该死的早死了,现在该发的也已发了。但诗仍然是诗,一点也无法掺假。在真话面前,左与右都是废话。

2003—2010 年 北京